君从何处来

——重走湖广填四川移民之路采访纪实

周勇 ◎ 主编

图书在版编目(CIP)数据

君从何处来——重走湖广填四川移民之路采访纪实 / 周勇主编. —重庆：重庆出版社，2015.4(2022.7重印)
ISBN 978-7-229-09749-3

Ⅰ.①君… Ⅱ.①周… Ⅲ.①纪实文学—中国—当代 Ⅳ.①I25

中国版本图书馆CIP数据核字(2015)第076626号

君从何处来——重走湖广填四川移民之路采访纪实
JUN CONG HE CHU LAI — CHONG ZOU HUGUANG TIAN SICHUAN YIMIN ZHI LU CAIFANG JISHI
周　勇　主编

责任编辑：曾海龙　　吴　昊　　李欣雨
责任校对：朱彦谚
装帧设计：彭平欣

重庆出版集团
重庆出版社　出版

重庆市南岸区南滨路162号1幢　邮政编码：400061　http://www.cqph.com
重庆出版集团艺术设计有限公司制版
重庆天旭印务有限责任公司印刷
重庆出版集团图书发行有限公司发行
E-MAIL:fxchu@cqph.com　邮购电话：023-61520646
全国新华书店经销

开本：787mm×1092mm　1/16　印张：16　字数：220千
2015年4月第1版　2022年7月第1版第3次印刷
ISBN 978-7-229-09749-3

定价：78.00元

如有印装质量问题，请向本集团图书发行有限公司调换：023-61520678

版权所有　侵权必究

纪念《重庆日报》创刊70周年

《重庆日报"重走"系列报道丛书》
指导委员会

主　任　管　洪
副主任　向泽映　张永才
委　员　戴　伟　林　平　彭德术　姜春勇　刘长发
　　　　孙永胜　陈　兵　江　波　张红梅　王　亚

《重庆日报"重走"系列报道丛书》
编辑委员会

主　任　张永才
副主任　姜春勇　张红梅
委　员　雷太勇　李　耕　漆　平　任　锐　单士兵
　　　　李　波　王先明

《重庆日报"重走"系列报道丛书》
编辑室

主　编　姜春勇
副主编　吴国红　兰世秋

《君从何处来——重走湖广填四川移民之路采访纪实》
编辑室

主　　编　周　勇　张小良　姜春勇
责任编辑　吴国红　兰世秋
图片编辑　牛　强
主创人员　张红梅　周　芹　陈维灯　申晓佳　谢智强
　　　　　鞠芝勤　郎清湘　范永松

◎ 丛书总序

行走的力量

　　心中有信仰，脚下就有力量。

　　党的十八大以来，重庆日报坚持围绕中心，服务大局，始终把统一思想、凝聚力量作为新闻宣传的中心环节，自觉承担好"举旗帜、聚民心、育新人、兴文化、展形象"的使命任务，接连策划推出了以"重走"命名的大型全媒体系列报道，以当下的视野、受众的视角、融媒体的方式去烛照历史、溯源文化、弘扬时代主题，在"重走"中实地寻访、连接古今、感悟变革、见证辉煌。通过寻访，在文化引领中凸显价值，在创新表达上激活受众，以润物无声的方式浸润心灵，成风化人，凝心聚力，取得了良好的社会效果。

　　"重走"系列报道具有鲜明的特点：

　　一是主题宏大，立意高远，主动设置议题，形成关注热点，积极引导舆论。

　　报道主题可分为三类。一类是围绕弘扬中华优秀传统文化，坚定文化自信主题进行的，追溯历史，映照当代。比如，2014年的"君从何处来——重走湖广填四川迁徙之路"，2015年的"重走古盐道　感受新变化"，2017年的"重走古诗路　思君下渝州——探寻重庆古诗地图"系列报道。

　　文化是民族的血脉，是人民的精神家园。积极推进中华文脉传播，坚定文化自信，用中华优秀传统文化的精髓、精华滋养当代中

国人的精神世界，是党报的历史使命和责任担当。

"重走湖广填四川迁徙之路"系列报道通过湖广填四川这一历史事件，以珍贵的史料、传奇的故事、浓郁的乡愁，拨动了众多受众的心弦，引起强烈共鸣。中宣部阅评组对此予以肯定，重庆市记协组织专题研讨会，专家称赞这是一次"以乡愁为基调，阐释百姓家国情怀的精彩主题宣传"。

巴盐古道被誉为"中国内陆最重要的文化沉积带"之一，"重走古盐道 感受新变化"系列报道揭秘古盐道背后的文化密码，讲述盐道兴衰沉浮的故事，反映近年来盐道沿途各区县在脱贫攻坚中发生的巨变。读者和网友热情点赞："这是一次有价值的历史重温，让我们了解了巴渝古盐道的历史文化价值。"

在源远流长的巴渝文化中，巴渝古诗一直都闪耀着绚丽夺目的光芒。这些古诗中蕴含着哪些中华优秀传统文化的人文精神？古诗背后有着怎样的故事？那些历代文人诗吟过的地方，今天发生了怎样的变化？"重走古诗路"系列报道通过寻访历代文人吟诵重庆的经典诗作，在挖掘古诗中传播文脉，在实地感悟中记录变迁。

一类是围绕传承红色基因，讲述党史故事这一主题进行的。比如，2018年的"重走信仰之路 传承红色基因——追寻重庆红色记忆"，2019年的"丰碑 重走成渝铁路"。

中国革命历史是最好的营养剂。"重走信仰之路 传承红色基因——追寻重庆红色记忆"以重庆革命历史为轴，沿着先烈的足迹，重走信仰之路，挖掘珍贵史料，探访红色遗址，浓墨重彩地讲述英雄故事，传播革命文化，用英雄的丰功伟绩激励人们前行，让信仰的光芒照亮新的征程，系列报道引发社会强烈反响。

"丰碑 重走成渝铁路"是重庆日报庆祝新中国成立70周年推出的大型全媒体报道。成渝铁路是新中国成立后，在中国共产党领导下，中国铁路史上第一条完全由中国人自己设计施工、完全用国产材料建成的铁路，仅用两年时间就实现了四川人民半个世纪的梦想。报道彰显了中国共产党全心全意为人民服务的宗旨，着力解决人民群众最关心最现实的问题的初心和使命，体现了社会主义制度集中力量办大事的优势。

中宣部新闻阅评以《重走成渝铁路 提升国庆报道质量》为题予以充分肯定，认为报道"具有巨大的实证性和说服力，史料丰富历史纵深感强，老题材写出新意来。怎样才能把庆祝新中国成立70周年报道做出高质量，《丰碑 重走成渝铁路》作出了回答。"

还有一类是围绕当下重大主题进行的。2020年的"重走成渝古驿道 感受双城新变化"，就是在推动成渝地区双城经济圈建设的国家战略大背景下进行的。通过探寻古驿道蕴含的巴蜀人文密码，讲述川渝交往的历史渊源，展现古驿道沿途城市在成渝地区双城经济圈建设中的新气象新作为新故事。

上述报道通过深挖历史史实，讲述历史故事，发掘历史文化，让收藏在博物馆里的文物、陈列在广阔大地上的遗产、书写在古籍里的文字都活起来，丰富全社会历史文化滋养，赋予优秀传统文化以新的时代内涵，用传统文化精髓、革命文化滋润当代人的精神世界。

二是"重走"系列报道具有全景式、首创性、史料性，采访范围宽、持续时间长、报道规模大的特点。

"君从何处来——重走湖广填四川迁徙之路"报道，共发稿50多篇，10多个版。这是国内媒体第一次全面系统地报道这一历史事件。"重走古盐道 感受新变化"以20个版、10多万字的报道，引发广泛的社会关注，这是重庆新闻媒体首次对巴渝古盐道进行的全方位采访报道，巴渝古盐道成为一时的文化热词。"重走古诗路 思君下渝州——探寻重庆古诗地图"报道量达到36个版、近20万字，这是重庆第一次以区域为视角对巴渝古诗进行全面梳理，是一项规模宏大的中华优秀传统文化传播普及工程。"重走信仰之路 传承红色基因——追寻重庆红色记忆"推出28期共计10余万字的报道，用新视角、新发现、新表达，浓墨重彩地讲述英雄故事，传播革命文化，取得了很好的宣传效果。

在信息泛滥、注意力稀缺的传播环境下，成系列、大规模、持续性的传播更容易引发关注，形成了强大的传播力、影响力，体现了主流媒体善于设置重大议题，掌握主流话语权的能力。

三是注重全媒体传播，不断丰富活动外延，使得传播效果更佳。

"重走"系列报道都是以全媒体的方式进行报道，充分利用新媒体特点，将报道制作成H5、短视频、海报、动图等产品在移动端上呈现。比如"思君下渝州"系列报道制作了"巴渝古诗热度地图""古诗热度排行榜"等全媒体产品在网上发布，吸引了众多年轻受众关注。

我们还通过系列衍生活动，不断增强传播厚度。《君从何处来——重走湖广填四川移民之路采访纪实》《思君下渝州——探寻重庆古诗地图》分别出版图书。

举办"重庆最美十大古诗"评选活动、"重走古诗路 思君下渝州——巴渝古诗词传承盛典"大型文艺晚会，参与创作《思君不见下渝州》大型情景国乐音乐会等等，线上线下活动交织，形成多次传播，壮大了影响力。

四是"重走"系列报道已经成为重庆日报践行"走转改"，不断提升队伍"脚力、眼力、脑力、笔力"的重要抓手。

"重走"报道的要义在于走，只有走出去、走下去，才会有报道的新天地；只有走出去、走下去，记者编辑的作风转变和文风改造才能迈出实实在在的步伐，才能真正创作出有思想、有温度、有品质的新闻作品。

"君从何处来"采访团队在半个月时间里，横跨鄂渝两地10多个县市，辗转3000多公里，虽然很累，但记者们却很兴奋——因为他们正在创造历史：这是国内媒体第一次全面系统地报道这一历史事件，用脚步丈量先辈走过的土地，真实还原历尽艰辛的迁徙之路，追寻那份抹不去的乡愁。"重走古盐道"采访条件更为艰苦，四路记者历时一个多月，行程数千公里，穿行在渝湘鄂黔陕间的大山深处，险峻丛林，还有记者在登山途中不幸摔伤。"重走古诗路 思君下渝州——探寻重庆古诗地图"采访团队历时4个多月，走遍重庆各区县,行程上万公里。"重走信仰之路　传承红色基因——追寻重庆红色记忆"的采访团队历时6个月,沿着先烈的红色足迹,重走信仰之路,挖掘珍贵史料,探访红色遗址,走进渝黔交界的大山里,寻找"红军手迹"背后的故事;走进巫溪的深山里,寻访彭咏梧牺牲之地,甚至远到上海、浙江等地,成为践行"四力"的生动之作。"丰碑　重走成渝铁路"采访团队历时一个月,实地走访500多公里成渝铁路沿线,真实还原激情燃烧的岁月,记录展示难忘的历史场景。

这种实地寻访的大型主题报道既是对采编队伍的一次精神洗礼、一次信念的升华,也是对记者采访作风的最好锤炼,是对坚持正确新闻志向的强化。参加采访的记者都感慨,一次实地重走的收获,是在办公室读多少书都无法获得的,只有到现场去、到生活中捕获最鲜活的素材,才能写出打动人心的佳作精品,在这方面来不得半点虚假和马虎。

采访团队走在大山里古道上,走在红色遗迹中,走在新时代的变革中,用脚步和真情,把一个个宏大叙事的题材做成了一篇篇可读性与影响力皆备的佳作。

可以这样说,"重走"系列报道已经成为重庆日报践行"走转改"、锤炼队伍、提升"四力"的重要抓手。

"重走"系列报道两次获得中国新闻奖,多次获得重庆市好新闻奖,中宣部阅评、重庆市委宣传部阅评也多次予以肯定,"重走"系列报道已经成为重庆日报一个响亮的文化品牌。

江流自古书巴字,山色今朝画巨然。此次我们选择6组"重走"系列报道编辑成丛书,既是庆祝重庆日报创刊70周年的一项内容,也更希望唤起社会各界对重庆这座人文荟萃、底蕴深厚的历史文化名城的进一步关注,增强文化自觉,坚定文化自信,弘扬"行千里·致广大"的人文精神,为重庆高质量发展担当起党报的责任和使命。

《重庆日报"重走"系列报道丛书》编辑委员会
2022年6月

◎ 序一

君自湖广　梦圆重庆

周　勇

对于今天的重庆人来说，十之八九都是"湖广填四川"的移民后代。而在千里之外的大别山南，却是"湖广填四川，麻城占一半"。这就是湖北省麻城市，就是填川移民的"老家"，更是我们重庆移民的"乡愁"所在。

这里有千百万移民魂牵梦绕的"高岸河码头"，这里有唯一以"都"称名的"孝感乡"，这里有来自重庆的麻城守护神"救厄帝主"，这里留下了诗人杜牧"清明时节雨纷纷"的感叹。这里还有《闪闪的红星》中的"潘冬子"，有"黄麻起义""刘邓大军挺进中原"的现代华章。

这里更有秀甲天下的麻城杜鹃。在我梦中，那是"繁花似锦，连绵不绝，一派匍伏山野、花低人高的景致"。后来，我回乡寻根，终于领略了它的神韵：走上龟峰山巅，密密麻麻的杜鹃花扑面而来，花海荡漾，花浪翻滚，花云漫卷，花瀑奔流，真个是织锦堆绣，万千绚烂，如烈火，如红霞，如旌旗，如号角……更是引发了千千万万重庆父老乡亲、兄弟姐妹们的"乡愁——梦里湖广　麻城杜鹃"。

2014年6月，重庆日报、重庆晨报组织了"君从何处来——重走湖广填四川移民之路"大型采访活动，在重庆和湖北屡掀热潮，影响全国。这是去年两报最接地气、最受平民百姓认可的新闻策划和采访报道之一，是重庆新闻工作者文化自觉与自信的新作，是献给3200万

重庆父老乡亲和重庆直辖17周年的大礼。

"湖广填四川"始于元末明初的洪武大移民,到了清代前期达于高潮,迄今已经600多年。这是一次先由政府主导,后成政府倡导与民间自发相结合的大规模移民运动。到19世纪20年代,魏源作《湖广水利论》引用"湖广填四川"民谣,使这一运动进入全国民众的视野。

这一时期迁往四川、重庆的移民来自湖北、湖南、陕西、广东、福建、江西、广西、甘肃、江苏、浙江、贵州和云南等十余个省,尤以湖北、湖南为多,故有"江西填湖广,湖广填四川"之说。从明洪武年开始,政府就以湖北省麻城县孝感乡为湖广移民入川的主要集散地,因此四川、重庆居民大都以"湖北麻城孝感"为祖籍。对于今天的川人、渝人而言,"湖北麻城孝感"就不仅仅是一个地理概念,而成为重庆和四川移民祖籍的代名词。

在"湖广填四川"移民运动中,重庆有着极为特殊的地缘位置——重庆是湖广移民进入四川后定居、繁衍、创业的重要地域之一,也是再向全川扩散或"二次移民"的"中转站"。

——"湖广填四川"移民运动促成了川渝人口的迅速增长、土地的大规模开垦、农业和手工业的大发展、大小城镇的繁荣、民族与文化的交流融合。它合理地分布了民族、人口生存的空间,使长期陷于战乱与苦难中的"天府之国"在经济、文化、社会各方面走向复兴,为"康乾盛世"的到来准备了条件,对后来川渝历史的发展产生了深远的影响。

——"湖广填四川"移民运动改变了汉、唐以来由北向南移民的格局,开创了由东向西(包括由南向北)大移民的先例,实现了由政府强制移民到支持鼓励性政策移民的转变,由被动的政治性移民向自发性经济移民的转变。

——"湖广填四川"移民运动导致了川渝人口结构、人口空间分布的巨大变化,使四川生态和自然环境发生了根本变化,对社会结构和社会面貌产生了强烈的震荡,对上自秦汉,下至唐宋以来所形成的四川传统社会来了一次重塑。

——"湖广填四川"移民运动促成了自成一隅的四川对全国的一次大开放。外来人口的大规模迁入，促进了四川人口繁衍，为近代川渝名人辈出奠定了基础。

——"湖广填四川"移民运动促进了楚文化与巴蜀文化的大交融，是中华民族文化交流融合的典型。

对于重庆而言，随着清代巴渝地区的开发，农业快速恢复，手工业开始兴盛，交通运输业不断兴起，区域吸引和辐射能力不断扩大，为重庆经济的进一步发展奠定了基础。到清末，由于西方势力的刺激和民族资本主义经济的产生发展，重庆经济开始加快发展。特别是进入20世纪后，在翻天覆地的社会大变革中，重庆从一座封闭的城堡发展成为开放的连接我国中西部的战略枢纽，从古代区域性军政中心发展成为区域性经济中心，从偏居四川东部一隅的中等城市发展成为立足中国内陆面向五湖四海的特大城市。在21世纪的今天，重庆更成为中国最年轻的直辖市和国家中心城市之一。

其间的苦难、奋斗、曲折、艰辛、光荣、辉煌……可歌可泣，可圈可点，可叹可喟！这就是"君从何处来——重走湖广填四川移民之路"大型采访活动产生的历史逻辑和时代条件。

2013年6月18日重庆直辖纪念日时我曾经写道："回眸历史，笑问'君从何处来'？梦里湖广，麻城孝感。展望锦绣前程，耕耘八万里巴渝，众手梦圆当今重庆"，反映了我对这次系列报道活动的欣喜和赞赏。

在这一年中，报道所发出的能量持续升温，可以说，"湖广填四川""麻城""孝感乡"已经成为街谈巷议的热门话题，不但在重庆和湖北屡掀热潮，其影响也迅速扩大到全国。这是有史以来，全国新闻媒体规模最大、动员人力物力最多，对湖广移民历史与现实的第一次集中报道，也是对麻城的一次大规模集中宣传。这个活动受到中宣部的充分

肯定,重庆市委宣传部和重庆市新闻工作者协会、重庆市报刊协会也专门为它召开研讨会。

  现在,我们把这次集中报道中的新闻作品结集出版,既是为了记录下这个足以载入重庆历史的新闻事件,也是为了反映重庆新闻界、历史学界探索创新的足迹,更是为了表达全市新闻和历史工作者服务人民、服务社会的理念和志向。

◎ 序二

根在麻城孝感乡

杨 遥

"问君祖籍在何方,湖广麻城孝感乡。"麻城古孝感乡,中国历史上的八大移民圣地之一,数千万川渝人共同的精神家园。2014年6月,重庆媒体重走"湖广填四川"移民之路,追溯先人的足迹,出重庆、入武汉、经红安,千里寻根到麻城,还原了"湖广填四川"的历史足迹,见证了百年不变的故土深情。

老家情,故乡根,最是乡情难忘;家乡山,故乡水,"此心安处是吾乡"。寻根问祖,续血接缘,寻找归属是人自我认同的精神需要。美国著名社会心理学家马斯洛在"需求层次理论"中将人的需求分为生理需求、安全需求、情感和归属需求、尊重需求、自我实现需求五类。当代人通过寻根问祖,挖掘祖先故事,查找各自家谱,填补了久违的乡愁,找寻到了内心的感情归依。

麻城是一座不缺少乡愁的城。"湖广填四川,麻城占一半。"在四川历史上的6次大规模移民中,"湖广填四川"规模最大、影响最为深远。2008年12月14日,《天府早报》以"确定!川人之根在孝感乡"为题作了专门报道。2011年,麻城举办了有来自全国各地80多名移民文化专家出席的"湖广填四川移民文化研讨会",专家学者的研究成果从多角度证明了麻城为川渝人的祖籍所在。麻城成为巴蜀公认的祖籍圣地。

近年来,麻城积极挖掘移民文化精髓,将勇于开拓、勤于创业、开

放包容、自强不息的"麻城孝感乡文化精神"继承与发扬,形成了具有时代特色的改革创新精神,掀起了激情洋溢的建设高潮,实现了麻城翻天覆地的变化。特别是以"川渝老家、市民乐园、文化窗口、艺术殿堂、城市客厅"为功能定位,建设了国内首个以移民文化为线索以孝善文化为灵魂的主题公园——湖广移民公园,为川渝人搭建了寻根问祖、追思怀远的平台,打造了富有时代特征的移民文化新地标。

"千里俗相近,百年一家亲。"千里之外的川渝与麻城因移民走到了一起。2008年汶川地震后,作为国家贫困县市的麻城,老家人纷纷慷慨解囊,捐款500多万元,火速支援具有众多麻城移民后裔的什邡市。2010年麻城与渝中区结为友好区市,共同举办了"移民文化周"。现在,民间自发出现的寻根热又让三地人民更加紧密地联系在一起,共同谱写百年乡情的新传奇。

如今高铁相连、陆路相通,三地近在咫尺,回老家麻城数小时即到。老家人永远以最真诚的热情迎接着你们来寻根问祖、观光旅游。

◎ 序三

寻觅乡愁浚其源

姜春勇

"乡愁"是铭记历史的精神坐标。

党的十八大以来,站在实现中华民族伟大复兴中国梦的高度,习近平总书记对传承和弘扬中华优秀传统文化发表了一系列重要论述,强调中华优秀传统文化是中华民族的"根"与"魂",能"增强做中国人的骨气和底气","没有文明的继承和发展,没有文化的弘扬和繁荣,就没有中国梦的实现"。

"看得见山,望得见水,记得住乡愁。"记住乡愁,就是对优秀传统文化的价值传承,守护好乡愁才能留住根,这其中包含了深厚的文化基因、传统美德和家国情怀。

"问君祖籍在何方?湖北麻城孝感乡"。在重庆,当被问及自己的祖籍时,很多人都会这样回答。明清两朝为弥补战乱造成的四川人口不足,鼓励外省民众移民入川。绵延数百年的"湖广填四川"运动,促进了民族文化大交流,重塑了巴渝文化的血脉,可以说奠定了近现代重庆社会的根基。

2005年,在重庆湖广会馆修复过程中,我有幸参与了其中关于湖广填四川移民博物馆陈列内容的研讨会,并派出记者随时任市政府副秘书长何智亚带领的考察团到湖北麻城考察,刊发了报道。当时我就产生了一个念头,湖广填四川移民史里还很多重庆市民不知道的往事,能否通过一次大规模的实地采访报道,向读者讲述精彩的故事。

　　2014年5月中旬,在参加重庆新闻奖评审会时,我向时任重庆市新闻工作者协会主席、重庆地方史研究会会长周勇,重庆日报总编辑张小良谈了这个想法,大家一拍即合,决定由重庆日报、重庆晨报联手实地重走湖广填四川移民路,进行全方位报道,既契合"记得住乡愁"主题,也是庆祝重庆直辖17周年的好策划。

　　随后,两家报社立即组建团队,查找资料,走访专家,确定采访方案,确定统一采访、统一的刊头,同时发布,全媒体呈现。

　　5月31日,摄影记者携带着当时很少见的航拍飞机,先期奔赴麻城。6月3日,两辆采访车载着文字记者启程:沿着沪渝高速公路抵达麻城——川渝百姓心中的祖籍地"孝感乡",找寻当年的陆路和水路出发地,然后沿水路到举水河入江口,再进入重庆境内,沿移民进川足迹,重走当年移民迁徙之路。

　　6月4日,两报均以"一版消息+后面整版深度报道"的方式,推出了第一期报道。从6月5日至6月17日,重庆日报、重庆晨报每天以一个整版甚至几个版的体量,连续推出"君从何处来"系列报道。在6月18日重庆直辖纪念日当天,两报又同时推出特刊,其后还推出了后续报道。

　　欲流之远者,必浚其泉源。这是媒体首次对这一历史事件进行全方位大规模报道,是一次围绕要"记得住乡愁"而进行的"文化寻根"之旅,通过实地采访报道,重温先人不畏艰险、筚路蓝缕、开拓奋进的故事和精神,成了人们探寻"从哪里来"的重要途径,也成为了解"向何处去"的有力支撑。

　　报道获得的热烈反响超乎我们的意料。据不完全统计,全网阅读量超过一千万人次。珍贵的史料、传奇的故事、浓郁的乡愁,拨动了众多受众的心弦,在海内外引起强烈共鸣,当时重庆晨报966966公众呼叫中心每天接到电话上百个,或者提供线索,或者要求购买相关报纸,还有海外读者把每天的报道从网上打印下来保存,"湖广填四川""乡愁"成为一时的热门话题。中宣部新闻阅评第203期以《重庆日报与所属子报开展联合报道一举多得》为题予以肯定,重庆市新闻工作者协会组织了专题研讨会,专家称赞这是一次"以乡愁为基调,阐释百姓家国情怀的精彩主题宣传。"该组报道荣获了第二十五届中国新闻奖。

　　此书结集了重庆日报、重庆晨报所刊发"君从何处来"的相关稿件,曾于2015年4月出版第一版,此次再版,做了部分文字修订。

目 录

丛书总序　行走的力量 ……………………………………………… 1
序一　君自湖广　梦圆重庆 ………………………………… 周　勇　1
序二　根在麻城孝感乡 ……………………………………… 杨　遥　1
序三　寻觅乡愁浚其源 ……………………………………… 姜春勇　1

麻城孝感乡篇

历史的追问:重庆人乡关在何方 ………………… 郎清湘　范永松　2
历史的真相? 专家揭秘世代相传的麻城孝感乡 …… 范永松　郎清湘　10

湖北篇

鄂东第一祠　川渝吴氏大多"根"在此 …… 周　芹　陈维灯　申晓佳　20
"帝主庙"传说结起两地缘 ………………… 周　芹　陈维灯　申晓佳　28
蜀道难　难不住君从湖广来 ……………… 周　芹　陈维灯　申晓佳　33
江水长　长不过填川路迢迢 ……………… 周　芹　陈维灯　申晓佳　40
岁月有痕　君从"孝感"来　"孝感"不复旧模样… 周　芹　陈维灯　申晓佳　49

重庆篇

三姓成兄弟　抓阄定家园 ………………… 周　芹　陈维灯　申晓佳　56
神女峰下的"贡老爷" …………………… 周　芹　郎清湘　申晓佳　60
耕读传家　大昌方氏家族走出文人武将 ………… 范永松　陈维灯　69
夔门天下险　挡不住奉节人的寻根情 …………… 范永松　郎清湘　72
云安:沉睡在水底的移民老镇 …………………………… 陈维灯　80

1

三姓人合家迁四川 和睦相处近200年	周 芹 陈维灯 申晓佳	87
云阳郭家大院见证移民望族的兴衰	范永松 郎清湘	91
巴南周氏八棱碑的故事	周 芹 陈维灯 申晓佳 杨 昱	96
麻乡约 千里传递移民思乡情	郎清湘 范永松	105
石龙井庄园:庭院深深 深藏多少谜题	周 芹 陈维灯 申晓佳	113

寻访篇

江津真武场:消失的记忆,消失的方言岛	郑 昆	118
土楼依旧在 客家遗风已难寻	郎清湘 范永松	124
荣昌县盘龙镇:喧嚣中的客家方言岛	申晓佳	129
一赵入川繁荣荣昌一镇	范永松 郎清湘	134
见证移民文化 重庆尚存69处移民会馆	郑 昆	141
看丰盛百年碉楼如何抵御匪患	陈维灯	145
由"解手"说起	郑 昆	151

寻根篇

寻根麻城的悲喜交加	范永松	156
民间修谱人	周 芹 范永松 申晓佳	162
薛方全:"寻根"是绿叶对根的情意	申晓佳	168

专家篇

陈世松:让"湖广填四川"历史回到普通民众身边	申晓佳	172
何智亚:移民推动社会进程 乡愁传承古老文明	郎清湘	174
黎小龙:在"湖广填四川"中寻找重庆的前世今生	申晓佳	177
蓝勇:乡愁是对一方风土人情永难割舍的眷恋	郑 昆	180
张德安:会馆文化还需传承和弘扬	郑 昆	182

影响篇

"寻根"改变一座城	周 芹 陈维灯 申晓佳	186
祭祖大典:山高水长见证血脉传承	郎清湘 申晓佳	192

相聚在"天下第一乡都" ················· 周 勇 196
"寻根"热潮催生学术研究《湖广填四川与重庆研究》项目启动··· 萧 涌 200

传播篇

"君从何处来"千万阅读量的背后 ··············· 宋 岩 206
"君从何处来"系列报道新闻研讨会召开 ··········· 申晓佳 210

附　录　《重庆日报》《重庆晨报》报道版面摘录 ············ 224

麻城孝感乡篇

历史的追问：重庆人乡关在何方

　　我从哪里来？这个问题时刻拷问着每个人。根据考证，今天的重庆人，多数是"湖广填四川"移民的后裔，根在湖北"麻城孝感乡"。

　　历史的篇章翻到21世纪，位于中国大西南的重庆，虽有群山阻隔，但昔日的"蜀道难，难于上青天"，已被畅通的巴渝立体通衢所替代。

　　同样严肃而深沉的历史追问，也成了每个巴渝人挥之不去的心结和疑问：我是谁，我来自哪里？

　　在历史的今天，这个问题演变成了"寻根"热潮。重庆湖广会馆中的"湖广填四川"移民博物馆，已然成了查询乡关在何处的好去处。

　　中国人对根的情意真挚而绵长，"湖广填四川"的移民对祖籍地的怀念体现在博物馆二楼展厅中一本本族谱、一本本县志上。

　　"从清代初期到中期，以'湖广填四川'为代表，遍及中国十几个省向四川的历史大移民，真正奠定了现代重庆人的根基。绝大多数重庆人都是这次移民的后裔。"对这段移民历史研究多年的重庆市政府原副秘书长、学者何智亚评论说，在重庆这座移民城市的历史上，从公元前316年秦灭巴蜀到抗战时期国民政府迁都渝城，先后有六次对重庆具有重要影响的移民。

战乱：清初重庆府不足3万人

　　重庆是座移民的城市，是通过移民而不断发展的城市。

　　寻根问祖，不忘先辈，这是每一个中国人的家族传统。近现代以来的重庆人，也时刻不忘追问先辈的踪迹，希望敬祖追宗，弘扬家族传统。

▲ 麻城孝感乡磨子场遗址（胡杰儒 摄）

在川渝大地，数百年来更是曾经流行着这样一首古老的童谣："三百年前一台戏，祖祖辈辈不忘记。问君祖先在何方，湖广麻城孝感乡。"

在重庆，经久不息地流传着上述关于根的民谣，以及口口相传的历史，都是关于家的故事。追寻的是亘古以来不变的话题：我们从哪里来？

"族源的根系往往是一个古老而常青的话题，像一颗深深埋藏在心中的家族血缘与文化种子，遇到合适的土壤与空气、雨水，就会生根、开花，发出嫩绿的苗、嫣红的花，产生一种'寻根'的冲动。"四川大学历史文化学院博士生导师李禹阶说。他曾著有《重庆移民史》，对重庆移民现象颇有造诣。

通过族人相传的历史、古老的童谣、族谱的记载、县志的描述、学者的研究等相互交叉印证，今天的多数重庆人都来自"湖广填四川"大型移民中一个至关重要的地方——湖北"麻城孝感乡"。

"长时期大规模的战乱，以及战乱带来的饥荒、瘟疫，是造成四川人口锐减的主要原因。"何智亚曾潜心研究过"湖广填四川"的具体成因，他说，从明朝天启年间（1621年）到康熙二十年（1681年）一甲子的岁月中，官

▲ 古孝感乡沈家庄遗址是重庆市民寻亲必到之处，如今这个牌坊就是寻根问祖的最好标志（鞠芝勤 摄）

府、叛军、农民军、土匪等之间的战乱一直在持续，给四川造成了前所未有的破坏和深重的灾难，以至于出现了"全蜀大饥，瘟疫大作，虎豹横行，乃至人自相食，赤野千里，数百里无人烟"的惨烈情景。

经考证，清初，重庆府辖区有14个厅、州、县，人口仅有29833人，还不足三万。

移民：重庆人口百年激增至372万

长时期的战争和饥荒、瘟疫，造成清初人口锐减、土地荒芜、百业凋零。为恢复生产，安定民心，巩固政权，清朝廷多次下诏书号召战乱中逃散的四川民众落叶回归，鼓励外省移民到四川开荒垦殖。

顺治三年至乾隆时期，清朝廷制定下达了许多鼓励移民入川和恢复生产的政策。100多年间，大量移民自愿"奉旨入川"、"应诏填蜀"，但亦在康熙中期发生过强制性移民。

据湖广会馆特别研究员、移民文化研究会秘书长岳精柱分析,"湖广填四川"大移民以湖广、闽、粤、赣移民为多,与这些地区的社会环境有很大的关系。

湖广(主要指湖南、湖北两省)紧邻巴蜀,有地利之便,加上元末明初及明代的大量移民存留,又有人和之势,故在清初,大量湖广人移民巴蜀。

"虽有'湖广熟,天下安'表达地域富庶的民间谚语,但也正是富庶,导致湖广人口繁衍快,人多地少矛盾突出,且赋税高,一些贫民难以承受。"《吴氏族谱续编》中记载其入川祖吴玉贤之说,"因田赋年年巨征难完,只得弃楚入蜀",于康熙四十年,举家从湖南邵阳迁重庆府。

道光《夔州府志》第34卷载,清初"楚省饥民"每天由三峡水道入川达到数千人之众。根据三峡沿岸区县如忠县、云阳、奉节、巫山、丰都等地方志记载,当时大部分的民众都是来自湖广等地的移民。

▲ 保存完好的孝感乡明代富商沈万三旧居(鞠芝勤 摄)

经过百余年的大移民和繁衍生殖,至嘉庆十七年(1812年),重庆府人口锐增至372万,移民及其后裔则占了大多数,约有266万人之巨。这次历史上最大的移民,不仅带来了巨大的人口变化,同时也带动了经济复苏和振兴,出现了"万家烟聚……集如蚁"的兴旺景象。

故土:寻祖问宗湖北麻城孝感乡

合川西里刁氏,原籍"江西吉安府太和县,旋迁湖广黄州府麻城县孝感乡柑子坪瑟琶大坵",康熙二十六年入川。

合川北城陈氏,原籍"湖广黄州府麻城县孝感乡鹅井大坵……清康熙五年自楚迁合"。

麻城,紧邻大别山区,因其据江南、扼中原的重要军事地位,历来是兵家必争之地。据《麻城县志》记载,明洪武年间,麻城一带就开始向四川大批移民,民间族谱屡见"某某世祖明洪武年入川"的记载。

近年来,到麻城寻宗问祖的人络绎不绝,来者都称祖籍是"湖北麻城

▲ 麻城沈家庄熊氏祖坟前,常有后人祭拜(鞠芝勤 摄)

孝感乡"。但在研究者看来,很多人疏忽了一个最简单的道理:一个小小的孝感乡,如何可能移民到四川200多万之众?

历史研究学家的共同见解是,麻城孝感乡并不是所有寻祖人的真正故土。最早到麻城的移民是为逃避高赋税的江西人,他们此后又向无赋税或赋税更低的四川移民,故有"江西填湖广,湖广填四川"一说,这说明了移民迁徙流动的历史。

《湖北通志》也记载,唐末,瘟疫致麻城一带人烟稀少,临近的江西人大批迁到麻城、孝感一带定居;麻城市文化研究中心主任、麻城市"湖广填川孝感乡现象"研究会会长凌礼潮研究认为,历史上的湖广移民,有一些是来自江西的移民,他们为逃避赋税于是向邻省赋税相对较轻的湖北黄州、麻城迁移。

"川渝最主要的移民来自湖北麻城,有的是当地人,有的是在移民过程中途经麻城或在此作短期停留之人。"何智亚分析说。

研究发现,清朝,各省向四川的移民中,湖广籍占1/2,重庆一带则远远高于这一数据,达到了70%以上。除此之外,还有江西、广东、福建、江苏、山东、贵州等地百姓移民四川。

精神:大移民形成重庆人耿直热情性格

"吾祖挈家西徙去,途经孝感又汉江。辗转三千里,插占为业垦大荒。被薄衣单盐一两,半袋干粮半袋糠。汗湿黄土十年后,鸡鸣犬吠谷满仓。"

璧山《郑氏家谱》记有先辈留下的大移民歌谣,从中可知筚路蓝缕,艰辛万状。

移民入川,别土离乡,迁徙路途遥远,历经千险万苦;到了陌生的新家园,又面临白手起家和创业之艰难。

今天,由重庆至湖北麻城最快的陆路有1000公里,驾车只需12小时。而几百年前的麻城移民先贤们,入川道路有两条:水路——从麻城顺举水而下,至长江溯江而上;陆路——顺"官道"驿站,翻越"登天"蜀路栈道入川。快则月余,慢则半载,抵达重庆,而后分散四川各地。

在今天,玉米、洋芋、甘薯已成为常见的食物,但这些是大移民时期带

▲ 明代富商沈万三的旧居，房屋墙壁上镶嵌着各式样的石雕
（鞠芝勤　摄）

来的新品种。"湖广填四川"大移民，给农业社会带来恢复与发展，同时，各地市场的建立，推动了传统商业的恢复。

大量的移民涌入，因文化背景、风俗习惯、语言等差异，形成了"五方杂处，习俗各异"的社会文化现象，这一时期则形成了今天的川话——以湖广方言为基础的四川官话，还形成了包括昆腔在内的多声腔艺术的川剧。

曾于2005年率团访问麻城，追寻先辈移民足迹的何智亚评论，"移民社会，意味着广纳百川、包容四海、兼收并蓄、共谋发展；移民精神，意味着坚韧不拔、百折不回、勇于进取、勇于创新；几百年来，在不同地域、不同文化、不同血缘、不同民族的历史大融合中，奠定了巴渝丰富多彩的文化底蕴，形成了当今重庆人的耿直热情、坚韧顽强、吃苦耐劳、胸襟开阔的精神气质和性格特征"。

来渝研究湖广移民后代的湖北省麻城市党史办副编审李敏介绍，随着学界对湖广移民文化的深入研究，已经有越来越多的四川和重庆的湖广移民后代前往麻城"寻根"。

据麻城有关部门统计,2014年之前,川渝两地每年大约有500人怀揣家谱,自发前往麻城寻根问祖,其中重庆人占到三分之一。

(郎清湘　范永松)

▲ 沈万三旧居屋檐木雕,再现当代繁荣的历史(鞠芝勤　摄)

历史的真相？
专家揭秘世代相传的麻城孝感乡

所谓"湖广填四川，麻城占一半"。翻开四川和重庆大部分人的家族宗谱，麻城孝感乡几乎都是一个难以绕开的祖籍地名。

在西部——

民国《简阳县志》卷17"氏族表"中载，麻城孝感乡胡彪等人"明洪武初移民实川，彪与虎、群二人同入川，至简（州）正教乡定水寺插业同居"。

民国《荣县志》："明太祖洪武二年，蜀人楚籍者，动称是年由麻城孝感乡入川，人人言然。"

仁寿《李氏族谱》："元末吾祖世居麻城孝感青山，陈逆之乱，乡人明玉珍据成都，招抚乡里，吾祖兄弟七人迁蜀，因与祖一公籍寿焉。"

在南部——

民国《泸县志》："自外省移实者，十之六七为湖广籍（麻城县孝感乡），广东、江西、福建次之。"

民国《南溪县志》："今蜀南来自湖广之家族，溯其始，多言麻城县孝感乡。"

泸州《王氏族谱》："予思我父讳九，母雷氏，亦历风尘跋涉之苦，先由河南地随祖讳久禄于洪武元年戊申十月内，至湖广麻城县孝感乡复阳村居住，新旧未满三年，奉旨入蜀，填籍四川，有凭可据。由陕西至川北，洪武四年辛亥岁八月十四日至泸州安贤乡安十四图大佛坎下居住。共计老幼男妇二十二名。"

在东部——

新修《南川县志》："湖广移民，尤以麻城孝感乡鹅掌大丘人为多。"

▲ 孝感乡都石头牌坊由祖籍麻城的重庆民生能源集团董事长薛方全捐资修建（鞠芝勤　摄）

咸丰《云阳县志》卷2："邑分南北两岸，南岸民皆明洪武时由湖广麻城孝感奉敕徙来者，北岸民则康熙、雍正间外来寄籍者，亦惟湖南北人较多。"

忠县新修《叶氏宗族谱》："明洪武二年，叶端祥之子叶根一偕弟根二，同丁、陈、王、潘、肖、张、毛、莫九姓一道，从湖广省黄州府麻城县孝感乡高干堰铜鼓滩入川落迹（籍）忠县。"

在北部——

光绪《李元仁墓碑》："本籍湖广麻城孝感李家大土坎高阶，缘于元末入蜀，插占巴州。嗣世祖因贼匪扰逆，始建修楼房，后因号楼房上下营。"

在中部——

民国《资中县志》："本境分五省人，一本省，二楚省，三粤省，四闽省，五赣省。本省当元之季，伪夏明玉珍据蜀，尽有川东之地，蜀号长安。玉珍为楚北随州人，其乡里多归之，逮今五百余年，生齿甚繁。考其原籍，通曰湖广麻城孝感人为多。"

光绪资中《徐氏族谱》："吾徐氏，麻城县孝感籍也，妙洪祖避徐寿辉乱迁蜀……"

江津《幸氏族谱》："宋末年间，仲式祖由江西迁楚麻城孝感乡。因徐寿辉兵起，复自楚避乱入蜀，携祖妣王氏及三子寓江津笋里梅村幸家湾数年。"

由此可见，"麻城县孝感乡"这个地名不但大量在宗谱中出现，更是时常出现在川渝两地的墓志铭上，逝去的移民先辈以此时刻提醒重庆人的后代，自己的祖先来自何方，但"寻根"的过程却异常的艰难。

逐年增多的"寻根"人群

麻城，位于湖北省东北部，地处长江中游北岸，鄂豫皖三省交界的大别山中段南麓，现在面积3747平方公里，人口120万。

麻城历史悠久，春秋时为楚地，名柏举，因吴楚在此大战，孙膑以少胜多而名垂千古。秦属南郡，汉为西陵，三国时曹操在此屯兵，五代十国后赵大将麻秋筑城以守，因其姓才开始叫麻城。

隋开皇十八年(598年)设县，正式命名为麻城县，属黄州府，唐宋以

▲ 孝感乡都石头牌坊，给"寻根者"提供了一个最好的标志（鞠芝勤　摄）

▲ 孝感乡都维修一批明代老建筑（谢智强 摄）

后历代相袭至今。

  2000年以后，随着国民生活水平的提高、交通条件的改善，越来越多来自川渝大地，甚至云南、陕西、贵州的民众自发前来麻城"寻根"。

  麻城市地方志办公室副主任曾锋说，据初步统计，最先只有几十人零星来到麻城，慢慢增加到几百人，而最近几年，更是达到高峰，每年来人来函来电增加到2000人次，希望当地政府帮助"寻根"。

  许多"寻根"的老人在子女们的陪伴下，抱着家谱前来"寻根"，因为找不到孝感乡，于是遗憾而归；而更多的是通过电话、信件等方式与麻城取得联系，希望找到祖辈从此迁移出去的证据。

  曾锋说，因为最近10多年前来"寻根"的人太多，除了地方志办公室主要负责接待外，当地的公安局、民政局都成了"寻根者"的求助之处，甚至有的"寻根者"直接写信给麻城市委市政府，希望得到帮助，找到祖辈迁移的线索，但绝大部分都失望而归。

神秘消失的移民祖籍地

  近几十年来，虽然不断有来自川渝两地的民众自发前往湖广"寻根"，

寻找祖辈口耳相传的故乡麻城孝感乡，但由于历史变迁过大，十有八九的"寻根者"均是失望而归。

麻城市文化研究中心主任、麻城市"湖广填川孝感乡现象"研究会会长凌礼潮说，"寻根者"的失望主要是因为找遍了麻城市，却从未听当地人说过有个孝感乡。

曾锋也说，如今的麻城市辖有3个街道和16个镇乡，但找遍全市，没有一个名叫孝感乡的地方。

"寻根"的人群眼光转向周边。在相距麻城200公里外，现在有一个孝感市，与麻城同为县级市，历史同样悠久。"会不会这个孝感市就是当年的孝感乡？"

但孝感市居民告诉"寻根者"，孝感市的祖辈大部分也是从麻城迁移过来的，这里应该也不是"湖广填四川"的移民祖籍地。

"寻根"的人们失望而归。祖辈相传的"麻城孝感乡"成了一个神秘的失踪地，这个口耳相传的地方会不会是一个以讹传讹的传说，或许根本就不存在？史学界纷纷质疑麻城孝感乡的真实性。

重庆湖广会馆推动研究进展

就在史学界对此众说纷纭的时候，在1000公里之外的重庆发生的一件事，却意外推动了"寻根"研究的重大进展。

2005年，重庆湖广会馆开馆，里面珍藏的一副楹联引起了时任麻城市政协主席凌礼潮的关注："会岷沱数千里，波涛自泸水东来，庙貌重看辉日月；历明清六百年，统绪溯麻城西上，宗支繁衍遍川黔。"楹联清楚地表明重庆人的根在麻城孝感乡。

面对重庆湖广会馆的证据，身为麻城人的凌礼潮主动向当时的市委市政府领导请缨，要在麻城移民史的研究上下点功夫，做出点成绩。

凌礼潮在2005年5月发表了自己的最新研究论文《麻城孝感乡移民问题考辨》，文中首次披露了从史料中找到孝感乡存在的证据。

他通过查阅清康熙九年（1670年）版的《麻城县志》，发现了麻城孝感乡"失踪"的来龙去脉：

这部县志的《首卷封域志·乡区》中的记载是，"初分四乡：曰太平，曰仙居,曰亭川,曰孝感……成化八年以户口消耗……并孝感乡一乡入仙居,为三乡。嘉靖四十二年建置黄安县。复析太平仙居二乡二十里入黄安,(麻城)止七十四里。"

这一详尽的记载,告诉人们,明代麻城县的四个乡区中,确实有孝感乡的建制,在明成化八年(1472年)对区乡作了内部的调整,因户口消耗,并孝感乡入仙居乡,到了明嘉靖四十二年(1563年)新建黄安县时,分调土地,就将麻城的一部分(包括有原孝感乡一小部分)划入黄安,也就是今天的红安县。

虽然旧的"孝感乡"地名已在明成化年间撤并,但推想其代代居民及中转移民,仍心口相传"孝感乡"之名,所以至今它仍享誉巴蜀。

而追溯更早的史料,也有相关的麻城四乡的记载,更从侧面证明了孝感乡的存在。

▲ 麻城市文化研究中心主任、麻城市"湖广填川孝感乡现象"研究会会长凌礼潮(左一)
(谢智强　摄)

农民专家发现孝感乡都遗址

既然孝感乡在历史上真实存在过,当初的地点现在何处?如果找不到遗址,同样也是一个空中楼阁。面对学术界的疑问,专家们需要找到一个确切的历史依据。

2008年,一项铁证被发现。沈家庄村村委会主任刘明西偶然从麻城《邹氏家谱》中找到了一篇明末清初麻城人邹知新的《都碑记》。

邹知新,字师可,明末清初人。是正统间名臣邹来学第七代孙。明崇祯十五年(1642年)举人,清顺治八年(1651年)官襄阳宜城县教谕,后升山东莱阳县知县。因押送逃犯违期,遂解任归田,诵读自娱。著有《麻城县纪略》十四卷,惜未付梓。邹知新"幼少慧,苦学不辍,长而能文"。为官后"作士有声,督抚治按五荐。志切亲民,不乐内转国学,升山东莱阳县知县"。据《山东通志》载,顺治十八年(1661年),邹知新还在莱阳县知县任上"重修敬一亭、泮池、大成门、儒学门"。《麻城县志·文征》收有他的文章七篇。

邹知新记载,在明成化八年(1472年),"湖广填四川"的移民圣地麻城孝感乡并入仙居乡。为纪念故乡,成化二十三年秋,时任麻城县令陈兴在孝感乡都旧址立碑,即都碑,也就是陈侯碑。

《都碑记》还明确记载,"去城东南七里有乡碑、石磨当路,云是古之孝感乡都"。也就是说,"孝感乡都"位置在"城东南七里",即现在的鼓楼街道沈家庄村。

这也是有明确的历史记载首次指明了当年的孝感乡政府所在位置。作为一个研究孝感乡历史的农民专家,刘明西的发现,为史学界关于孝感乡的历史真实性之争画上了一个句号。

凌礼潮说,关于孝感乡的得名问题,近年来,少数同志认为孝感县是因董永的故事得名,而质疑麻城孝感乡得名原委。其实,这也是一个长期困扰我们的问题。邹知新的《都碑记》发现之前,我们只能以董永并非孝感县人来证明孝感县的得名与董永无关,而无法彻底弄清孝感乡得名的真实情况和具体的得名时间。现在,《都碑记》告诉我们:"兹坊集始自汉,传闻同里赵氏至孝,奏之,册为四乡之宗正。"也就是说,孝感乡得名于汉代,且由皇帝亲自命名;孝悌的故事发生在赵氏家族!

刘明西说，自从史学界确定沈家庄就是300多年前的孝感乡政府驻地后，现在几乎每天都有"寻根"的人找上门来，希望得到自己的帮助。

如今的刘明西成了一名帮助"寻根"的志愿者，自建了一个麻城市孝感乡移民后裔寻根问祖联络处，并任主任，利用手中的上百套家谱帮助"寻根者"核对谱系。

移民皆称祖籍麻城孝感乡之谜

尽管史学界已经找到了证明历史上确实有麻城孝感乡存在，并且有确切的地点，但在明朝中期就撤销的孝感乡，为何居然在100多年后明末清初的"湖广填四川"运动中，被百万移民念念不忘？

凌礼潮研究发现，之所以在元末明初和明末清初的两次大移民中，麻城孝感乡都能成为移民口中的圣地，其中很大一部分原因是因为在"湖广填四川"之前，就先发生了江西填湖广，而麻城正好就是一个移民中转站。更何况它还是周边七县移民的登记出发地，由政府发给路条和盘缠，从水陆两路向四川艰难进发。这也是麻城孝感乡作为当时不大的一个乡，居然可以源源不断地向外输出移民的原因。

▲ 麻城市孝感乡移民后裔寻根问祖联络处刘明西主任正在对照孝感乡地方志帮别人寻找先祖（胡杰儒 摄）

由此，麻城孝感乡作为移民出发地，也就成了先辈移民们永久的记忆，其文化符号也代代相传，作为每个家族的记忆保存下来，一直流传至今。

这一观点也基本得到了史学界的认同。史学界的专家同时还指出，移民同样存在冒籍现象，由于前期的麻城孝感移民在川渝两地落地生根后，发展良好，不排除后期的一些移民为了更好更快融入当地社会，取得当地社会的认同，而产生冒充祖籍麻城孝感乡的现象出现。

凌礼潮说，冒籍也有几种。一是来自麻城其他乡的移民冒籍孝感乡；二是成化八年孝感乡撤销以后，来自原孝感乡辖区的移民仍自称祖籍孝感乡。这两种冒籍无关宏旨，因为他们冒的是"乡籍"而非"县籍"，他们毕竟是真正的麻城人。

第三种冒籍是外地移民冒籍孝感乡。这种情况的发生，主要是因为四川移民中麻城孝感人在各地的势力都很大，移民为优化自己的生存环境而冒籍孝感乡人。也就是民国《南溪县志》所说的"（孝感乡）人众势强，土民或他兵冒籍以自求庇"。

凌礼潮介绍，目前，关于麻城孝感乡移民的历史和文化研究依然存在不少细节疑问，还有待更多的专家进行深入的研究。但目前，麻城孝感乡的历史存废问题已经完全清晰，其存在已经无可辩驳。

（范永松　郎清湘）

湖北篇

鄂东第一祠　川渝吴氏大多"根"在此

湖北红安县八里湾镇东北部陡山村（原属麻城市），丘陵与盆地交错，河流纵横，风光秀丽。

被誉为"鄂东第一祠"的吴氏祠堂就坐落在这里。它掩映在青山绿水间，成为无数吴氏后裔寻根问祖的圣地。

6月5日，采访组推开吴氏祠堂那厚重的大门，在雕梁画栋间，寻觅"湖广填四川"时吴氏先人们的步履维艰。

建制考究　再现盛世繁华

清晨，风起，吴氏祠堂高高的檐角上，碗口大的风铃叮当作响。阳光将祠堂的青墙蓝瓦、龙头鱼尾的飞檐拉成长长的影子，气势恢宏。

据《红安县志》记载，吴氏祠堂占地面积约3000平方米，建筑面积约1410平方米。前、中、后3幢之间，有庭院相隔，廊庑相连，布局严谨，浑然一体。

走近吴氏祠堂，门口两侧的红枫树郁郁葱葱，门前10余米处的小溪清澈见底，流水潺潺。门前的牌楼，高高耸立，飞檐层叠。牌楼顶层正中镶嵌着"八卦图"，其下为"家承赐书"的匾额，两侧依次镶嵌着"二十四孝"人物故事画。据吴氏祠文管所工作人员吴胜清介绍，之前，牌楼上还对称布有形态逼真、栩栩如生的"八仙石塑"，遗憾的

是"文革"期间被毁。

拾级而上，看到的是宽敞的天井庭院和悬挂有"吴氏祠堂"牌匾的前楼。庭院中间有棵水桶粗的桂花树和两棵百年的腊梅树，前楼则正对着名为"观乐楼"的戏台。

"看戏是有讲究的，官员在正殿，妇女在旁边，姑娘在下排，依次排开。"吴氏祠堂文物管理所的工作人员、吴氏后裔吴胜清说，去年举行的祭祖奉祀大典，"戏班子唱了整整一天的戏，8个支系的人来了，附近的人也来了，有2000多人参加，要多热闹就有多热闹"。

整栋吴氏祠堂建制都极为考究，梁、柱、枰上无一处不是雕龙画凤，镌

▲ 红安县八里湾镇陡山村，吴氏祠堂全景（胡杰儒 摄）

▲ 红安县八里湾镇陡山村，吴氏祠堂庭院（鞠芝勤 摄）

刻着花鸟人物。

最为引人注目的是观乐楼的楼檐木雕。它雕刻的是光绪初年武汉三镇的景象——黄鹤楼高高矗立于鳞次栉比的楼房之中，如同鹤立鸡群，古朴典雅，分外醒目。江上船帆林立，千舟竞发；三镇间拱桥飞架，桥上人流如织。从人们的穿戴中可以分辨出有学生、商贾、士子、工匠等各色人物，服饰发型皆为晚清风格。细细端详，桥上有人倚栏而立，眉宇生动，似对江水凝思；有人气宇轩昂，极目远眺。整个画面是半立体式雕塑，镂空的窗户可以插入小指，桥上栏杆人可用两指夹抚。江上江岸一派繁忙，万千人

▲ 红安县八里湾镇陡山村，吴氏祠堂正门全景（鞠芝勤 摄）

▲ 红安县八里湾镇陡山村,吴氏祠堂鱼尾飞檐上一只小鸟正起飞(谢智强 摄)

像喜怒哀乐,被刻画得惟妙惟肖、栩栩如生,形象地再现了当时武汉三镇的盛世繁华。

观乐楼建制考究而精致,但吴氏祠堂的核心却在相对简约但肃穆的拜殿。这里,是吴氏祠堂议事之处,更是摆放吴氏列祖列宗牌位的地方。

拜殿正中摆有一长溜雕花香案,上面供有吴氏列祖列宗的牌位,按世祖先后分上下排列。居上方正中的一块又大又高,是第一世祖,其余世祖按先后分上下排列。

吴胜清介绍,逢年过节此处烛影幢幢,香烟缭绕,供品不断,族人如织。来此朝拜的吴氏后裔遍及湖北各处,近年来由川渝地区不远千里赶来朝拜的也越来越多。

两次失火　能工巧匠两年重建

如此精致考究的吴氏祠堂建于何时,又是何人所建?

据《吴氏族谱》记载,该祠始建于1763年(清乾隆二十八年),不慎毁

▲ 精美的吴氏祠堂房梁（鞠芝勤　摄）

于大火，1871年重修（清同治十年），但没过多久再次毁于大火。

1902年（清光绪二十八年），陡山村有吴氏兄弟二人在外经商有些积蓄，决定现址重修祠堂。他们弟兄俩捐银8000两，族中有积蓄的人家凑银2000两，共计1万两，捐不起钱的农户就出力帮工。经过精心设计施工，终于建造起方圆几十里闻名的宗族祠堂。

细细观察，会发现吴氏祠堂的大门与外墙有30度左右的倾角，这是为何？

"是为了防火。"吴胜清介绍，在1902年重修时，鉴于前两次祠堂毁于大火的教训，曾请风水先生反复观测，力避火位。同时，祠堂特地建在一条河流旁，为了防火，也为了方便运输建筑材料。

门前那细细的水流，在当年居然能够运输建筑材料？

"当年建祠堂时，这河可宽了。"作为吴氏后人，吴胜清常听老辈子摆谈祠堂的故事，"据说建祠堂的木料，都是发大水从洞庭湖漂来的。"

经过考证，当时的工匠确实考虑到动工时间与洪水季节同步，这样建祠堂需要的庞大的木料以及笨重的石料才能顺利地通过木排运抵祠堂工地。

如此聪慧的工匠自然非等闲之辈，他们包括：当时当地最负盛名的肖家石匠班子，这套班子专在当地为"江、吴、程、谢"四大族

▲ 红安县八里湾镇陡山村，吴氏祠堂庭院（谢智强　摄）

▲ 吴氏祠堂大厅内，大红的"喜"字已贴上（鞠芝勤 摄）

中的富户建房子；木工班子名头更响，是闻名两湖（湖北、湖南）的"黄孝帮"，这套班子在整个红安县也仅仅做过吴氏祠堂一家。

建造吴氏祠堂的材料也是定制的。石条请当地手艺最强的石匠师傅到石头窠里去打造；青砖到附近最有名的窑里选上好材料定烧，还特地在每块砖上模印出"吴氏祠"字样，以防有人盗用。当时没有水泥砌浆，就在工地一连摆上几口大锅，锅里煮的是上好的糯米稀粥，以糯米糊配石灰。"它的凝结力比现在的普通标号水泥强得多。"吴胜清说。

肖家石匠班子和"黄孝帮"通力合作，整整花费了两年时间，才将吴氏祠堂重建完成。

寻根问祖　川渝吴氏多从此处来

今天，吴氏祠堂已成为无数吴氏后裔心之所往的圣地。

2012年的夏天，吴氏祠堂门前，一位旅人在红枫树下呆立多时，极度疲倦的脸上却难掩兴奋的神情，汗水从他额头滑落，滴落在怀中厚厚的《吴氏家谱》上。

"兄弟，从哪来？"对于到此寻根问祖的吴氏后裔，吴胜清都觉得亲切异常。

"四川宣汉。家谱记载是湖北麻城迁过去的……"来人有些语无伦次,"我叫吴福权,找了很久,都没找到。"

其实,对于此次到陡山村能不能接续上家谱,吴福权也没有抱太大的希望,但看到气势恢宏的吴氏祠堂,他依然激动不已。

没有过多言语,吴胜清抱出厚厚几叠《吴氏家谱》,两人坐在吴氏祠堂的墙根下,一页一页仔细翻找。

"找到了,找到了,吴达、吴杭迁四川。"吴福权高兴得像个孩子,泪水却溢满眼眶,"我们的根真的在这里……"吴福权说,续接家谱的原因,是"寻根问祖,让传统文化继续传承下去"。另一个原因就是,"现在的年轻人辈分都搞不清楚,甚至有的喊长辈老哥,这咋个得行!"寻根之行,让吴福权获益匪浅,不仅理清了本支系的辈分,还和吴氏在麻城和江西的后人理清了辈分关系。

吴福权为离乡背井的父辈们找到了自己的"根",更多川渝地区的吴氏后裔依然跋涉在寻根问祖的路途中。

在吴氏编撰的书籍中,图文并茂地表述了该族与"湖广填四川",尤其是与重庆有关系的直接证据:吴氏重庆垫江宗族古言函支族"湖广填四川"吴氏始祖吴朝应墓,吴学贵、吴朝贵墓,重庆璧山入川始祖吴云寰墓,重庆江津入渝始祖吴惠生夫妇、二代祖吴茂青合葬墓;以及今天尚存的重庆江津先锋砖房吴氏祠堂、重庆江津李市大桥祠堂"三庆祠"。

除了重庆,吴氏入川的先祖还分散至四川各地。

▲ 吴氏祠堂张灯结彩(鞠芝勤 摄)

湖北篇

▲ 吴氏祠堂保存完好的墙院（鞠芝勤 摄）

据考证，明朝成化年间，湖北黄州府麻城县吴祥麟举孝廉后，授四川荣昌县令，因政绩卓著升泸州、重庆、成都府官，晚年定居仁寿。长子吴模授中书给事，孙子吴敬岳，明时为两广察院。次子吴楷，明代进士，其子孙众多，明末因逃避战乱，大部分迁往广东、贵州、云南等地。留下吴兴隆一支定居资中县新桥、鱼溪、双龙等地，现已传十四世。

川渝地区的吴姓，大部分是清初随着"湖广填四川"的大潮迁徙而来。清康熙六十年（1721年），大量吴氏先民从湖北麻城或经麻城迁入川渝地区，其子孙散居简阳、绵阳、德阳、合川、铜梁、涪陵、江津、垫江、璧山、云阳等地。"他们绝大多数是南吴八大支系的子嗣。"麻城市地方志办公室副主任曾锋介绍。

这些进入川渝地区的吴氏后裔，在巴蜀大地上生生不息，成为当地人口重要的组成部分。

（周　芹　陈维灯　申晓佳）

"帝主庙"传说结起两地缘
——一位重庆神仙在麻城的"前世今生"

湖北黄冈麻城郊外的五脑山上，树木苍郁，一座始建于宋代、气势恢宏的帝主庙掩映其中，这里供奉着一位名为张七相公的帝主。让人意想不到的是，这位帝主居然是重庆璧山人。

重庆璧山人为何会在湖北麻城得道成仙？这跟重庆人"十有七八"是

▲ 麻城五脑山，重庆晨报航拍工作室空中拍摄的帝主庙。这种依山而建的寺庙在重庆随处可见（晨航 摄）

▲ 麻城五脑山帝主庙山门（鞠芝勤 摄）

麻城孝感后裔有无关系？重庆云阳、奉节等地曾经的帝主宫，又与这个帝主庙有何联系？2014年6月6日，我们徒步走过五脑山的小道，探访这座既神秘又带着一丝亲切的庙宇。

始建于宋代的帝主庙大殿内，70岁的余道士眯起眼睛，打量着看过无数遍的天井、屋脊、砖雕……虽然在帝主庙出家已三十多年，但在他心里，这座寺庙仍有许多神秘之处。

"你们是重庆人？那就是帝主的同乡啊！我来陪你们看一看。"听说我们从重庆来，余道士自告奋勇当起了向导。

生于璧山的张七相公，为何会护佑麻城众生？

站在帝主庙庭院里，古稀之年的余道士仍然身板挺直，目光敏锐。麻城当地的帝主传说，他早已烂熟于心，张口就侃侃道来——

帝主名为张七相公，又称土主、福主、紫微侯。相传他出生三个月就会说话，七岁已通晓诗文。十七岁时，他游历到麻城，发现民间有许多败坏风俗的祠堂，就逐一毁掉，因此被捕下狱。

三年后，麻城突发大火。帝主告诉狱吏自己能救火，被释放后，他用一根红色的棍子一指大火,火立刻灭了。帝主骑马来到五脑山,就地飞升成仙。

在余道士看来,帝主是个"耿直人":"热心、正直,性格确实像重庆人。"而我们在麻城的地方史书中,找到了更多关于帝主的细节——

乾隆六十年《麻城县志》卷25《列传十一·仙释》云:"土主神产蜀璧山县。"明确指出帝主是璧山县人。光绪年间的《麻城县志》记载:"(帝主)岁苦旱潦祀,之必应;民有疾厄祀,之必痊;湖山险阻,呼之必安……远近朝谒者无虚日。"有求必应,体恤民生的璧山人张七相公,已然成为了麻城的"父母神"。

帝主宫屋顶,为何色彩斑斓?

"来,出来看看。"余道士走出帝主庙大门,指着门墙上快要剥落的"彩焕云衢"四个大字,"这句话描述的,就是我们头顶上的彩瓦。"

抬起头,可以看到帝主庙大殿上的瓦片有好几种颜色:红、绿、白、黑,甚至还有白底蓝花的。初夏的阳光闪烁在瓦片上,映着浅蓝的天空,格外美丽。

余道士捧出几片翻修屋顶时掉下的断瓦,虽然蒙上灰尘,它们的色泽仍然鲜润。轻轻一敲,声音清脆。"这瓦片是用江西景德镇的高岭土烧制,

▲ 麻城五脑山帝主庙,余道士正在解说木雕图案(苏思 摄)

▲ 麻城五脑山帝主庙,娘娘殿屋顶上的铁瓦(苏思 摄)

再上色而成的。"

而转到帝主庙大殿后方的娘娘殿,屋顶则呈现出浅浅的金红色。站在屋檐下,阵阵热浪直扑脸颊。定睛细看,屋檐上铺的竟是一片片长约120厘米,宽约22厘米的铁瓦!余道士说,这是为仿制武当山道观的"金顶"而特制的铁瓦,每片重达21千克,且雕刻有"嘉庆元年"字样。阳光照耀下,铁瓦屋顶与"金顶"视觉效果相近,但使用铁瓦成本更低。

大殿顶的八卦藻井,为何暗藏有龙?

环视帝主庙,"龙"无处不在——屋顶上、山墙上、廊檐上、砖雕上,一条条龙或昂首腾飞,或张牙舞爪,或躬身潜伏。然而最为神秘的,要数"暗藏"在大殿顶八卦形藻井内的一条龙。

"这条龙,一般人看不到。"余道士站在帝主像身边,看向八卦造型的大殿藻井。借着从大殿门外射进来的阳光,藻井内浮现出一条盘旋的青龙。它身姿灵活,仿佛立刻就要飞出大殿,腾空而去。

奇怪的是,站在大厅的其他位置看藻井,里面却是空空如也。这是为什么?

关于这一现象,《绿色大世界》杂志总编周启文指出,这叫做"八封龙

▲ 麻城五脑山帝主庙，大殿屋顶上的彩瓦（苏思 摄）

楼"，是一种运用光线折射原理的建筑设计，可以让画在藻井内的盘龙更富有气势。

而类似的设计，在"湖广填四川"麻城移民路线的沿途也时常能见到。周启文说，在黄冈市浠水县、重庆云阳、奉节都有帝主庙（宫）（在重庆多被称为帝主宫），里面都能看到"八封龙楼"。

从麻城到重庆，张七相公如何"回家"？

张七相公既然是麻城的"父母神"，那么，重庆各地兴建的帝主宫又该作何解释，张七相公又是怎么"回家"的呢？麻城市文化研究中心主任、麻城市"湖广填川孝感乡现象"研究会会长凌礼潮介绍，这是因为重庆人"十有七八"是麻城孝感后裔。随着麻城移民进入川渝，帝主宫也在重庆生根。

据《云阳志·祠庙》记载，云阳全县有帝主宫15个，而在万州、奉节、巫山、巫溪等地，也曾经建有帝主宫，只是后来被毁或被淹。

"帝主虽然是兴于麻城的神祇，却承载着老百姓对平安、幸福共同的希望。"凌礼潮说，麻城移民离开家乡，更渴望来自本乡本土的心灵寄托，移民的聚集地也就自然而然建起了帝主宫。

"麻城迁到重庆的人多，其实重庆也迁了神仙到麻城嘛。"余道士说，他修行的三十多年来，帝主庙年年香火不断。"麻城人，服这个重庆神仙。"

（周　芹　陈维灯　申晓佳）

湖北篇

蜀道难　难不住君从湖广来

　　湖北省黄冈市麻城中馆驿镇晏店村，卧牛石山上，怪石嶙峋，杂草荆棘丛生，形如牛头的巨石卧于山巅，故当地人称之为"卧牛石"。

　　每逢清明、重阳，总有人从四川、重庆不远千里而来，跪拜在"卧牛石"下。

　　一块石头，纵然形貌奇特，又何须人们如此厚待？

　　"拜的不是石头，是祖先！"麻城市文化研究中心主任、麻城市"湖广填

▲ 空中俯瞰崇山峻岭中的中馆驿。千年前，"湖广填四川"先人们就是从这里走向重庆和四川（胡杰儒　摄）

▲ 麻城,满目创伤、杂草丛生的千年古道中馆驿(鞠芝勤 摄)

川孝感乡现象"研究会会长凌礼潮一语道破天机。

几百年前,由麻城出发的"湖广填四川"的先民们由旱路前往巴蜀之地时,"卧牛石"旁的光黄古道是必经之路,"卧牛石"由此成为诸多填川先民们口口相传的故乡。

2014年6月8日,"君从何处来——重走湖广填四川移民之路"采访组,在荆棘中追寻着古道尘封的历史。

已是夏日,正午的阳光有些刺眼,依稀有几百年前的身影走过——麻城人沿光黄古道,过中馆驿,经歧亭,出麻城,到黄州……在他们前行的路上,"难于上青天"的蜀道,已横亘眼前……

古道越千年　迎来送往是异客

据凌礼潮介绍,通过研读苏轼的《梅花二首》及现存于晏店村"卧牛石"附近的古代车辙,可以得出光黄古道的大体走向是沿现在的大广北、京九铁路,由潢川经新县进入麻城顺河,再到青山村过陈家河到晏店村"卧牛石",其后到麻城市大安寺经中馆驿镇和歧亭镇,最后到今天的黄冈。

"光黄古道上,中馆驿和歧亭都是必经之地,而几百上千年前,杜牧和苏东坡也正是沿着这条古道,经中馆驿和歧亭,到达黄州。"凌礼潮说。

杜牧来时,因被贬为黄州刺史,本已满心惆怅,到歧亭时,适逢清明佳节,于是有了"清明时节雨纷纷,路上行人欲断魂。借问酒家何处有,牧童遥指杏花村"的千古名句。

200多年后,被贬到偏远的黄州小镇当团练副使的苏东坡,留下了"何人把酒慰深幽,开自无聊落更愁。幸有清溪三百曲,不辞相送到黄州"的诗句。

杜牧、苏东坡沿光黄古道而来,成为身在异乡的异客;无数麻城人也正是沿着这条古道,背井离乡,向着"难于上青天"的蜀道踯躅前行,最后客死他乡;今天,川渝地区许多人,循着祖辈的记忆,不辞辛劳,走在这古道上,来到这原本是故乡的异乡。

"一条古道,几千年,迎来送往的,都是异乡人。"凌礼潮颇为感慨。

今天,在卧牛石旁,有一个小村子,名为西杨镇。西杨镇,为古西阳国所在地,后成为麻城杨氏集聚之地。

据杨氏民国三十五年族谱记载,明朝三大才子之首杨慎的先辈就是由此入川,其过湖北为二修《麻城西阳镇杨氏族谱》作序时,留下《石牛诗》一首:"怪石生来恰似牛,不知经历几千秋。风吹遍体无毛动,雨洒周身似汗流。细草平铺难下口,金鞭任打不回头。牧童吹笛枉入耳,田地为牢夜不收。"

不仅是杨慎,在今天川渝许多人的家谱记载或是记忆中,"卧牛石"、"中馆驿"、"歧亭"都是出现频率极高的地方。据《麻城县志》记载,仅在歧亭一地,当时便有1万多人经光黄古道出麻城入川渝。

步步皆惊险　湖广填川历生死

"离开前,很多人都舍不得离开祖祖辈辈居住的地方,庄前庄后走了个遍,到祖坟烧了纸钱,还要到举水河舀一碗凉水喝,把对麻城的思念留在心里。"根据当地习俗,麻城市地方志办公室副主任曾锋认为移民出发前是这样的情形。

"入川必备三件宝,干粮铁锅和食盐。"携老带幼背负行囊,独轮车上装着入川三件宝,在村口和族人、亲朋泣别,一声声"保重"声中,移民们一步三回头,依依不舍地辞别家乡。

"不少人选择走陆路,因为没钱。"曾锋说,康熙年间,湖广灾害频仍,水灾、旱灾、雹灾、蝗灾和瘟疫不断,引起饥荒,"民穷日以蹙"乃至"死者甚众"。在自然灾害的打击和实惠政策下,不少湖广人选择了移民四川。

"在寻根的人当中,不少人的家谱中还记载有卧牛石、鹅掌大丘、高坎堰、苟家大田坎、四方水井等小地名或标志。"凌礼潮说。

对数百年前的移民来说,矗立在山顶最高处的卧牛石是他们离开家乡的最后的记忆。

"麻城有首民谣传到了四川,'贼来如梳,兵来如篦,官来如剃!'大意是人都到了四川,孝感乡人走地荒。"凌礼潮说,"官来如剃",即是把人们都赶到四川去,美其名曰"奉旨",其结果古乡"百遗二三"、"烛火孤点"。

"背井离乡,谁都不愿意,但有什么办法呢?"凌礼潮介绍,"入川高峰时,按男丁算,二抽一,三抽二,五抽三。也就是说家里如果有五个儿子,必须要去三个。"

离家的路,已是愁绪满怀,出麻

▲ 麻城中馆驿镇晏店村,光黄古道的石梯与车辙留下了岁月的痕迹(谢智强 摄)

城的路，更是艰险。

今天，人们都知道举水是麻城的"母亲河"，说到"垂山水"，大概就知之甚少了。其实，垂山水是举水的源头，按《水经注》所说，"垂山水，北出垂山之阳，与弋阳浠水同出一山，水之东有南口戍，又南经方山戍西，西流注于举水"。

"从举水今天流经麻城的情形看，文中所提到的'方山戍'，应该是古时的歧亭镇。"凌礼潮说，"易涨易落山溪水"，垂山水每逢雨水季节，溪河里就激流滚滚；遇上洪水季节，马上就会出现"一涧冲激"的惊险景象。对于往来行走于"光黄古道"的古人而言，望着"沸天"的河水，就只有"哭天"的份了。

对于垂山水的艰险，有一篇古文这样描述：

"方春夏雨集时，上源才下，水即鲸奔虿突，喧腾若暴雷霆声沸天。……人物其内，一失足蹼，即破颅断胫以毙。一岁间，若此类凡数十。土人毒之，因据其酷虐之实，而恶以谥之曰'哭天'。"

"经考证，移民入川走的是官道，在湖北境内的主要节点包括黄陂、孝感、安陆、随州、襄阳、荆门、巴东。"曾锋说。

根据计算，移民们每天前行的路程为40公里左右。"移民们沿途是不住客栈的，通常借宿祠庙、岩屋、密林或同乡家，也有露宿哪就落户在哪。"曾锋说。

移民队伍前行至荆门后，环境渐渐恶化，有记载描述："沿途两旁皆牛眠石，色青而光滑，路中亦少石板，且在万山之中，晴雨不时，遇雨则此

▲ 麻城中馆驿镇晏店村卧牛石，每年都有川渝地区的移民后裔来此祭拜（谢智强 摄）

▲ 麻城中馆驿镇晏店村,行人走在光黄古道上体验移民迁徙艰辛路(鞠芝勤 摄)

蜀道难行矣";"旱道,山荒,石滑,路狭,站短,力贵,客苦人稀,店恶食粗。"

难于上青天　楚蜀鸿沟难言归

"'哭天河'虽然危险,但相比于他们接下来要走的路,其实已经很温和。"安陆市地方志办公室副主任黄清明说。他把我们带到了安陆市府河畔。这里,有一段用巨大的红色条石垒砌的河堤。

"这是原来德安府老城墙的条石,也是老城墙的原址。"黄清明的一句话,将我们的思绪带回几百年前：也就是在这里,从麻城出发的人们,与更多从各地出发的"湖广填四川"的先民们,在这儿交会,然后向着更加遥远的巴蜀之地前行。

在大巴山脉东段,一条贯穿在重庆巫溪和湖北神农架的山路蜿蜒盘旋,它就是移民走的川鄂古盐道。在古盐道,一脚宽窄的路段就有好几处,稍不留意,就有摔下山崖的危险；原始森林少见人烟,若走慢了就会错过人家,夜宿野兽出没的荒野；遇到打劫的土匪,也是常事。

前行的路,跋山涉水、风餐露宿,历尽艰辛。"四川盆地四面隔绝,自古对外交通艰辛万分,故有'蜀道难'之称。"西南大学历史地理研究所所长蓝勇称,明末清初,整个长江中上游经历过战乱,人烟稀少,杂草丛生,虎患酷烈，更使移民入川之路充满艰辛，不知多少老弱病残客死异乡，"能够来到川渝的，都是那些体格健壮而有坚强毅力的先民。"

蓝勇与时任三峡大学讲师的黄权生合著的《"湖广填四川"与清代四川社会》一书中记载：

"原籍湖南永川府零陵县南埠乡的萧氏于康熙四十四年'挈眷偕行，逾巫山，涉岷江（长江），风雨劳瘁不堪言状'，后来才到达四川武胜、重庆合川一带。"

曾亲身经历了明末清初战乱的文人欧阳直在《蜀警记》中，记载了让他深感恐惧和震撼，以至于终生无法忘记的一幕，"（老虎）或一二十成群，或七八只同路，逾墙上屋，浮水登船爬楼"。

千里迁徙过程是如此的漫长和危险，以至于许多人都走散了。为了便于走散后团聚，出发前往往要"砸锅为记"，还有专门的"辨宗"诗，写入家谱，让子孙背熟。在家庭迁移过程中，经常男性成员全部罹难，为了继承香火而让其余姓氏的人入赘，因而出现一族两姓或隔代同姓。

即便路途艰险，亦难挡移民入川之心，汉中知府严如煜著有亲自踏访所见而成的《三省边防备览》，说移民们"扶老携幼，千百为群，到处络绎不绝"。

《云阳程氏家乘》卷一中给出了跨两千里大移民的情况，"正月十八日，由楚入川，计其行程，凡六十八日"，"夔州府云阳县南岸维都坪家焉，时地广人稀，居民鲜少"。而光黄古道边的西阳镇杨氏族谱则断了子孙入川移民后的记录，"他家的后人在族谱上说，那些外迁子孙是生是死，因'山高水远，雾锁云封'，这些具体情况家族再也不知晓了"。

"蜀道难，难于上青天。"在巫峡深处，湖北与重庆交界的长江绝壁上，古人曾刻下"楚蜀鸿沟"四个大字。无数"湖广填四川"的先民们千里迢迢，历九死一生到此，一脚踏过楚蜀边界，此生再难回故里，只将他乡做故乡。

（周　芹　陈维灯　申晓佳）

江水长　长不过填川路迢迢

湖北省麻城市南湖街道办事处十里铺村，举水河古河道旁，今立有石碑，上书：孝感乡移民始发处。

这里，还有一个名称：高岸河古码头。时常，有川渝人到此祭拜。

6月9日，当本报采访组寻访到此时，这里仅几户农家，几亩鱼塘。而

▲ 举水河与长江交汇处，湖广填四川的移民由此进入长江，逆流而上到达川渝地区（谢智强　摄）

▲ 麻城中馆驿镇歧亭古码头，移民时系船缆绳的带孔石柱至今保存完好。当年繁华的码头，如今河床干涸杂草丛生（鞠芝勤　摄）

在素有"鄂东第一河"之称的举水河改道之前，这里是人来客往的热闹码头。清初，"麻城孝感乡人"背井离乡，在这里乘小船或竹筏沿举水河入长江，换大船溯长江而上，融入巴蜀之地。

江水泱泱，汇聚多少离人泪；时光悠悠，当年离故土而去的人们，在他乡找到了故乡，在巴蜀大地生生不息。

水路始发地　移民"祖籍地"

"美不美，故乡水。我们曾同饮举水，遇到困难找我。"这是小说《填四川》中由麻城出发的移民到重庆后所说的一句话。

举水河，发源于鄂豫皖三省交界处的大别山，经江汉平原汇入长江。流过麻城的举水河一段名为高岸河，曾别名高安河。清康熙《黄州府志》载："高岸河在县南十里堡，合桃林河下歧亭入江。"

"除了高岸河古码头，还有位于现麻城市南埠镇的江家堰古码头和位于现中馆驿镇张家洲村的歧亭古码头，都是当年移民走水路的出发地。"麻城市地方志办公室副主任曾锋介绍。

这三个码头，因为祖辈的口口相传和家谱记载，成为数百年后诸多移民后裔寻根问祖的祖籍地。

湖北篇

只是今天,高岸河古码头已经不靠河。由于举水河改道,高岸河码头下只留下几亩鱼塘。原先300多米宽的河滩,如今成了只有30多米宽的芦苇荡,不时有飞鸟飞过。

与高岸河古码头一样,歧亭古码头也因为举水河改道而被废弃。原先行舟走船的河道,如今只剩下一片沙地和大片野草。

江家堰码头仍在,但也不复旧时模样。只有河边依然留存的大片房屋基址,还在诉说着当年的繁忙景象。

当年运输移民的主要船只是竹筏和小型木船,每条船坐三四十人,"走水路的移民多是有一定经济能力的,从麻城到重庆,需要一两个月时间,路上开销比较大,俗有'一野蔬万钱难购'之说,没有钱很难坐得起船。"麻城市文化研究中心主任、麻城市"湖广填川孝感乡现象"研究会会长凌礼潮说。

"据考证,当年移民出发最东边的码头是高岸河,最西边的为歧亭,中间的出发地是江家堰。"曾锋说,在这里,移民们登上拥挤的竹筏或小船,洒泪挥别岸上的亲人,顺举水河而下进入长江,开始那迢迢入川路。

洗脚换草鞋　出发前的仪式

在众多川渝移民的族谱和祖辈的口口相传中,除了这三个古码头外,麻城还有两个地方——洗脚河(又名"喜鹊河")和草鞋街,是他们魂牵梦萦的地方。

"洗脚河,应该是'细角河'的误称。"凌礼潮认为,细角河是举水河的一条支流,在麻城市宋埠镇与举水河汇合,江家堰古码头就位于细角河与举水河交汇

▲ 湖北麻城南湖十里铺村,改道后的举水河与桃林河交汇处(谢智强　摄)

处。"湖广填四川"时，众多移民正是由此登船离乡，向遥远的巴蜀之地前行。

但三峡大学三峡文化与经济社会发展研究中心副主任黄权生副教授研究认为，"洗脚河就是今天的举水河"，因故土难离，路途遥遥而又前途茫茫，出发之前，人们把双脚伸进举水河里细细地洗，让清澈的河水为自己洗去霉运，带来平安和好运，然后再换上一双新草鞋，踏上漫漫长途。渐渐地，在举水河洗脚、换新草鞋就成了移民出发前的仪式。久而久之，人们就把这条河称作洗脚河，把河边的街叫做草鞋街。

还有的入川移民把这条河叫做"喜鹊河"。民间认为，喜鹊是吉祥之鸟，是报喜的鸟。传说喜鹊搭的巢里，有一棵吉祥的瑞草，这棵瑞草放进水里，它不会顺水漂流，而是溯流而上。入川移民也正是要沿着长江溯流西上。因此，人们又把举水河叫做喜鹊河，表达了对平安吉祥迁徙到四川，开创出一片新天地的美好愿望。

▲ 黄冈团风县举水河长江入口处（鞠芝勤　摄）

璧山县《郑氏家谱》记有先辈留下的歌谣："吾祖挈家西徙去,途径孝感又汉江。辗转跋涉三千里,插占为业垦大荒。被薄衣单盐一两,半袋干粮半袋糠。汗湿黄土十年后,鸡鸣犬吠谷满仓",也表达了这种愿望。

▲ 举水河长江入口处鱼儿大又肥(鞠芝勤 摄)

举水入江口　小船换大船

黄冈市团风县李家湾,举水河在此汇入长江。

2014年6月9日午后,58岁的邱泉员在举水河与长江交汇处撒网打鱼。世居于此的他告诉我们,"听父辈们说,以前这里有码头,还有航运公司、装卸公司,'湖广填四川'的移民要在这里由筏子换船,可热闹了"。

团风县地方志办公室主任林利民纠正:"是要换船,不过不是在这换,而是到团风码头换。"按他的说法,从麻城沿举水河而下的移民出了入江口后,要先顺流而下约3公里,到达团风码头,凭手续到粮仓领口粮,换乘入川的大船。

《中国古今地名大辞典》中记载:历史上的团风,"商业繁盛,与县西之阳逻为沿江两大镇,明清皆置巡检司于此"。如今,不仅是入江口的建筑,就连团风古码头也被新建的现代化码头所代替,以前的遗迹荡然无存。

团风,古称"乌林"。汉建安十三年,曹操自荆州首府襄阳统兵近30万征吴,大军沿汉水水陆并进,长驱夏口以东至大举口停舟船,屯于乌林到黄州赤壁一线。它水陆交通方便,有"三黄两蕲罗英麻广,安徽、河南达九江"的通衢大驿和"小汉口"之称。长江船舶可上抵重庆,下达上海。

当时,麻城棉花产量已居鄂东之冠,棉花及布匹每年大量外运。巴蜀少棉,移民们开始贩卖棉花和布匹,"商以四川重庆为盛,黄冈麻曰黄帮,购棉花于新洲歧亭宋埠,舟运至川"。黄帮棉商成为清朝初年最早进入四川市场的外省商帮之一。

▲ 湖北麻城南湖办事处十里铺村,高岸河码头遗址(谢智强 摄)

重庆是湖广客商在西南地区最主要的活动场所,清嘉庆年间,重庆城内领帖牙行共有109家,其中湖广籍商贾涉及棉花、土布、山货、麻、铁锅、蓝靛、瓷器、杂粮等11个行业中,另有牙帖43张,居外省客商之首。很多移民于是返回麻城原籍,开始专门经营湖北与四川之间的棉花和土布生意,成为商业移民。

这些都需要在团风进行中转,川渝风俗也由此传入团风,"原来我们这里临江地区也有重庆独特的吊脚楼,这是大移民带来的一种效应。"林利民说。

据他介绍,移民在团风换船时,官府会给每个人分发一定的干粮,供移民在入川途中食用。团风县至今留有"粮道街"的地名,相传就是因为当时此处建有用于储备移民粮食的粮仓。"但发给移民的口粮其实很少,根本不够食用,很多移民饥寒交迫,死在迁川途中的不在少数。"

由团风码头登船,移民们逆流而上,经武昌,过九曲荆江,入三峡险滩……

千里长江行　尽是离人泪

逆长江而上,本就危险,更何况三峡航道处处是险滩恶浪。但元末明初以来,以长江为枢纽的峡路,成了湖广移民的主要入川通道,清初以来湖广移民以及部分江西人入川，多数也都经长江水道。清人也说："楚人入蜀者，必由二水（指长江、汉江）溯流而上。"

"那个时候的水运，远没有我们现在畅游三峡般惬意，而是充满生与死的抉择和考验，航行称为'地窟行'，往往九死一生。"凌礼潮介绍，100多年的漫漫迁徙路，不知有多少移民葬身鱼腹。至今，在秭归新滩上，依然矗立着座座白骨塔，就是移民们迁徙路上艰难险阻的真实写照。

戊戌变法中的刘光第是亲身经历过由峡路入川的艰辛与危险的移民后裔，他在《南旋记》中记述船由宜昌上三道坪滩时所遭遇的险情："连打'两张'（原注：川江船工术语，即舟行上水，过滩遇险情），缆又断，舟约覆者数矣，以天之福，得免于难。幸哉！险哉！"

有鉴于此，刘光第说："'蜀道之难，难于上青天！'余谓蜀江乃更难于蜀道也。噫！"

刘光第逆水行舟，乘的是官船，尚且如此危险，当年无数入川移民从此水道入川，其命运又会好到哪里去？千里长江，江水长长，汇聚了多少离人泪？

▲ 麻城孝感乡高岸河移民码头始发地纪念碑成为众多记者采访和"寻根者"必到之处（鞠芝勤 摄）

▲ 麻城孝感乡举水河，三百多年前，老祖宗们就是从这里出发，顺河而下到达团风县长江口，直奔重庆和四川（晨航 摄）

由广东入川的张氏一家人原计划随大队人马乘船赴川，因故改取陆路，而大队人马在过一险滩时，全部翻船落水，生还者百无二三。

传说过去川渝好些地方的人一年四季爱缠头巾，就是因为移民途中死难者太多，经常头缠孝帕，日久天长便习以为常。

入川途中，家人失散的现象也时有发生，以至一些原乡的族谱中不少成员名讳后面，注有"上川"、"往川"、"住川"的字样。这些人中，既有成功抵达四川，但因无法联系而失载的；也有在迁川途中死亡、失踪的。

既然由水路入川如此凶险，为何多数移民还选择这条路线？

"事实上，旱路的危险程度并不亚于水路。更何况，移民大多拖家带口，行李繁重，走旱路，只能肩挑背扛。即使使用独轮车，翻山越岭也极为不便。走水路耗时更短，运送行李也更加方便。"西南大学历史地理研究所所长蓝勇这样解释。

"从长江水路入川的移民，第一站到达川东，即现三峡库区一线，部分移民在这一地区择地落业。"黄权生说，一部分再沿江而上，到达重庆、泸

▲ 麻城张家洲码头，当年繁华的码头，如今河床干涸杂草丛生（晨航 摄）

州、宜宾等州县，或经嘉陵江、沱江、涪江、渠江上行到南充、内江、遂宁、广安等地；也有经水路到达重庆后，再走旱路，沿重庆至成都的官道，沿途插占为业或投奔已安居乐业的亲友。

（周 芹 陈维灯 申晓佳）

▲ 举水河长江入口交汇处，当年移民从这里进入长江（胡杰儒 摄）

岁月有痕
君从"孝感"来 "孝感"不复旧模样

"若问祖籍在何方？湖广麻城孝感乡。"

在今天诸多川渝人家的族谱或口口相传的记载里，湖北麻城孝感乡是挥之不去、魂牵梦萦的故土。于是，数百年后的今天，越来越多的移民后裔，不远千里，来到这里祭拜先祖……

然而，岁月有痕，斗转星移，今天的"孝感乡"已不再是移民先辈们记忆中的模样。

▲ 麻城岐亭镇二府衙老墙，当年官府在此设立招徕馆，负责办理移民事宜（谢智强 摄）

湖北篇

▲ 歧亭镇保存不多的老民居（鞠芝勤　摄）

乡都难相望　怎忆沈家庄

"据明末清初麻城举人邹知新在《都碑记》里的记载来看，孝感乡应该地处今天麻城市南部偏西，乡都则应在今天沈家庄附近。"麻城市文化研究中心主任、麻城市"湖广填川孝感乡现象"研究会会长凌礼潮介绍，在《都碑记》里，邹知新详细记载了孝感乡乡都曾经的繁华。

自汉初朝廷下诏设置"孝感乡"以来，这里就是"久居湖边孝都里区，八百户丁，音声皆悉"，"观数典而综之，地狭而鸣世也"，房屋鳞次栉比，人流熙熙攘攘的繁华富庶之地。据《熊氏宗谱·卷之首》记载，沈家庄"兴于元末……其扶舆磅礴之气，屈指吾邑之名胜……旧时街巷纵错，河边有楼阁台榭"。

元末，朱元璋在孝感乡称吴王。在其称帝后，旋即定下迁民之策，将县堂公署全部搬到了这里，还升孝感乡为散州，统属麻城周边的7个县，其繁华喧嚣可见一斑。

只是，谁能想到，当无数移民携家带口离乡而去后，沈家庄也从繁华富庶转为没落。邹知新在《都碑记》中记载，"今民散久矣，百遗二三，莫一能奉。日不见□（此字已模糊不清，无法辨认）龠（一种乐器，形如笛子）渔歌，夜无柝击（指更夫打更）双六（一种牌戏），烛火孤点。"也就是说，绝大多数移民离开沈家庄后,白天几乎听不到人声,晚上也不见更夫打更,只有零星的烛火在村落间闪烁。

今天,沈家庄村只是江汉平原上无数村落之一,平淡无奇,甚至有些凋敝没落。繁华褪去,归家的游子,如何记忆故土那历经千年的风景?

歧亭依旧在　只是容颜改

沈家庄以南,是有着1500多年历史、古为赤亭县的歧亭镇,光黄古道自今天的河南潢川而来,穿镇而过,通向遥远的黄冈。古道上深深的车辙,已被磨去棱角的石梯,还在诉说着那已尘封的往事。

歧亭,地处光黄古道上的交通要塞,南通汉水,北达商城。由于歧亭的重要位置,清朝曾在这里设立二府衙。曾被清康熙皇帝称赞为"天下廉官第一"的于成龙在康熙九年(1670年)任黄州府同知,管辖歧亭二府衙。

也正因为歧亭的重要地位,政府在这里驻员集中办理移民,由此,歧亭成为重要的移民中转站。

唐朝,杜牧踏古道而来,挥笔写下,"清明时节雨纷纷,路上行人欲断魂。借问酒家何处有,牧童遥指杏花村。"宋朝,大文豪苏东坡在古道上落

▲ 麻城歧亭镇(谢智强　摄)

▲ 麻城歧亭镇，一位老人正在讲述古今歧亭镇变化（谢智强 摄）

▲ 歧亭人家（鞠芝勤 摄）

宽前行，满怀忧伤写下《万松亭并序》。元末，沈万三在买伞的商旅途中，被这里明润的山川和宽广的大河所吸引，毅然在赤亭古城脚下兴建码头湾和庄屋。

2005年3月，时任重庆市政府副秘书长的何智亚到歧亭镇考察，彼时的歧亭依旧可循古迹。"房屋多为石片垒砌，山墙均有翘脚，加以木雕撑拱、垂花和窗棂雕饰，尚保留着清末时期的民居风格。特别是贯穿镇中，历经岁月磨砺，已显斑驳光滑的石板路，似乎在向人们诉说当年悠悠往事。"

然而，2014年6月8日，当采访组一行来到歧亭时，却发现，何智亚笔下的民居，已被一座座拔地而起的水泥楼房代替，偶有一两间尚未拆毁的老屋，也已破败不堪。而石板路，则完全被水泥路面代

▲ 歧亭镇的变迁（鞠芝勤 摄）

替，一块块青石板被遗弃在路边，石板上的车辙，清晰可见。

晏店村支书彭清明也告诉本报采访组，卧牛石山上的光黄古道将大部分被破坏，一条新公路，会取而代之。

歧亭依旧在，只是容颜改，只有二府衙那一截遗留的老墙，在阳光下拉长孤寂的身影。

河道青草滩　缆绳何所系

时间，让故土容颜改；时间，也让沧海变桑田。

没有想象中宽阔的河面，甚至没有细细的水沟，只有杂草丛生的河滩；没有记忆里人来人往的热闹景象，只有石头垒砌的河堤斑驳萧瑟⋯⋯

当几百年前，入川的移民从高岸河码头和歧亭码头登船，乘船沿举水河顺流而下，逆长江入川时，他们或许不会想到，这两个码头，会因举水河改道，在多年后的今天只剩一片荒芜。

"这里真的是当年迎来送往南北客商，见证移民洒泪挥别的古码头？怎么就荒成了这样了呢？"

6月8日，前往麻城"寻根"的重庆人张晓辉站在歧亭码头，满脸遗憾。他自小就听爷爷说，自家祖上是从湖北麻城孝感乡歧亭码头出发，前往四

▲ 麻城歧亭镇,古旧房子背后是现代建筑,当年的石板路也变为水泥路(谢智强 摄)

川的移民。但看到如今的歧亭镇新房林立,老街只剩短短一段,码头更是面目全非时,张晓辉感到有些失落。

"本是来缅怀先祖,这里却和长辈的记忆对不上号。"匆匆拍了几张照片后,张晓辉只得遗憾地离去。

像他这样千里迢迢而来,却感到记忆"对不上号"的"寻根者",不在少数。在城市建设日新月异的今天,怎样才能让传统街区、光黄古道和古码头继续承载移民们数百年的乡愁?这是摆在麻城人面前的一道现实课题。

(周 芹 陈维灯 申晓佳)

重庆篇

三姓成兄弟　抓阄定家园

"重庆市巫山县人民欢迎您！"

2014年6月12日，16时30分，我们从G42（沪蓉高速）雾渡河收费站驶出高速，在湖北兴山县和巴东县的山路上蜿蜒盘旋了近4个小时后，巫山县界拱门上的这11个大字，让所有人备感亲切。

从2014年6月3日启程至今，大家已经在湖北奔波了10天。10天的时间，让我们对家有了深深的思念。不难想象，在几百年前，"湖广填四川"的先民们，经过长途跋涉到达楚蜀地界时，会是一种怎样的心情——一边是对故土的难舍，一边却是对新生活的迷茫和向往。

而这片对先民们而言无比陌生又充满危险的土地，也诞生了许多令人惊叹的传奇——为了生存、为了发展，我们的祖先们竟如此坚强，又如此睿智。

在巫山县平河乡，我们听到了这样一个故事：明朝洪武年间，三个姓氏不同的湖广移民为了在巫山落脚，相认为兄弟，抓阄来决定今后的家园位置。

入川迁徙路上，三姓结成患难兄弟

循着这个故事，我们来到了巫山县平河乡陶湾村。这里的海拔超过800米，曲折蜿蜒的村道在陡峭的山坡上穿行，山风时而在耳边呼啸。

村道尽头，陶湾村村校的国旗正迎风飘扬，84岁的陶忠明正在等我们。老人步履蹒跚地领着一行人穿过学校一楼楼梯间又矮又窄的通道，一扇古朴的木门，出现在眼前。

▲ 巫山县平河乡陶家祠堂，陶家后人将祖宗留下的木制家谱擦拭干净（苏思 摄）

推开木门，面前是一间空旷的破旧房屋。一缕缕阳光从墙缝里漏下，隐隐能看见木门正对面，一块四方形的牌匾被安放在墙上。

凑近细看，这牌匾居然是一本家谱！原来，这间旧房竟然是陶家宗祠。刻在牌匾上的家谱详细记录了陶家在明洪武年间从麻城孝感乡迁川的过程。

"当时，陶、沈、杨三个异姓兄弟带着家人一起迁移到了这个地方，最初3家人连间屋子都没有，只能挤住在岩洞里……"随着陶忠明的讲述，一段尘封已久的往事又出现在我们眼前——

事情要从明洪武二年（1369年）说起。那是一个兵乱、水旱、蝗灾接踵而至的时期，川渝两地百姓非亡即逃，土地荒芜。明太祖朱元璋为维护明王朝的统治，决定实施移民屯田。

出生于麻城孝感乡的沈、陶、杨三姓族人，随着移民的人流从麻城来到巴县（今重庆巴南区），又辗转至巫山县沈家河（今平河乡），一路上历尽艰险。患难见真情，在互相扶助之中，三家人的感情日益深厚。最终，三

▲ 巫山县平河乡陶氏祠堂，独具风格的陶家祠堂图案保持完好（苏思 摄）

家男主人结为异姓兄弟，约定要一起在巫山落脚。

此时的巫山大地上人烟稀少，土地荒芜，可以任由三家人选择家园。于是他们在自己看中的地方插草为标，占地为业。为了公平，他们决定采取抓阄的方式，决定哪家人在什么地方生存发展。结果沈家抓得平河两岸，于是历经数十代繁衍，这里成了今天的沈家河；陶家抓得平河岸上那一面山坡，世代居住，也就是今天的陶湾村；杨家得到了平河一侧的石沟地，也就是今天的石沟村杨家老湾。

异姓亲情难分离，铁锅成了相认物证

三家人就要分别了，可这份生死与共的情谊他们却不忍就此斩断。他们决定拿出一件信物，分为三份，以便子孙后代能够相认。可是在迁川路上，保命都不容易，所有的家什几乎散失殆尽。三家人都身无长物，拿什么做信物？

最终，三家人一咬牙，拿出了一件可以说是最珍贵的东西——迁徙路上共用的铁锅。他们含着泪，把这口锅砸成三份，三家各执一份作为信物。从此，三家人开始了"沈家一条河、陶家一面坡、杨家一只角"的开荒过程，并在此繁衍生息。如今，陶氏已经在陶湾村繁衍至24代，2000多人。陶忠明说到这里，语气中充满了自豪与感慨。

实际上，在巫山胼手胝足、千辛万苦开拓家业的不仅是陶氏、沈氏和杨氏先祖。落脚巫山的众多移民先祖无不是靠自己的辛劳，才为后人找到了一片安家立业的土地，今天，在巫山的许多家族中，都流传着入川先祖艰苦创业的故事。例如巫山罗氏，入川祖婆在正月初一还带着儿子下地挖田，经艰苦创业，克勤克俭，罗氏渐渐家道殷实，人丁繁茂，成为巫山大姓。

"在填川过程中，这样的例子不胜枚举，在当时荒无人烟的巫山地区，移民们通过自己勤劳的双手，在崇山峻岭间建立了自己的家园，并不断繁衍生息，发展壮大。"巫山文化研究会会长向承彦对"湖广填四川"历史颇有研究，他介绍，今天巫山人口中超过70%都是当年移民的后裔。而"异姓三兄弟"这样坚忍、踏实、奋进的开拓精神，也仍然在巫山大地上流传。

（周　芹　陈维灯　申晓佳）

神女峰下的"贡老爷"

"湖广填四川,两眼泪不干。一步三回头,挪根扎那边。"这首民谣贯穿巴渝大地,成为"湖广填四川"大移民的民间见证。

水陆并进的麻城孝感人逶迤至大巴山脉的"楚蜀鸿沟"时,已是一脚踏荆楚,一脚入巴渝。部分移民在"土著人甚鲜"的入川首站巫山"插占为业"或"挽草为业"。

"连年战乱是巫山人口急剧减少的重要原因,现在的巫山人大多是'湖广填四川'大移民的后裔,比例高达70%以上。"巫山文化研究会会长向承彦说。

记者在巫山寻访发现,祠堂文字记录、移民始祖墓地、家族族谱等历史痕迹都佐证,巫山人多是"湖广填四川"移民的后裔。

老街往事:骨子里的麻城记忆

翻高山,越陡岭,过长江,沿神女峰山脚盘山前行。

在人烟逐渐稀少的大山中,明清时繁华的铜鼓镇老街依旧热闹。

正值赶场天,不时有头上包着白帕子的老人背着背篓在人群中穿梭。几幢已经破败的清代老屋静静地立在路旁,木板壁、茅草顶,见证了老街的悠悠岁月。

这条距离巫山县城33公里的老街,汽车、音响、服装等现代装备一应俱全,岁月流转,老街已无法守住那份原本的

清静。

老街上的老人们回忆起历史时总爱说,民国时,这里属湖北建始县管辖。自1952年划归巫山后,这里的南侧与建始唇齿相依。

地理的沿革,岁月的沧桑,丝毫没改变当地人对遥远故土的记忆和怀念。

"我们祖上是湖北麻城孝感乡掌鹅岭"、"我们是孝感乡洗脚河"、"我

▲ 巫山曾家大院曾家后人展示祖先留下的金匾(鞠芝勤 摄)

▲ 空中航拍曾家大院，气派辉煌（鞠芝勤　摄）

们是孝感乡草鞋街"……多位上了年纪的老人谈及祖上，都会在孝感乡后面加上小地名，这与麻城县志上的古地名竟然出奇的一致。

老街上毁于20世纪70年代的帝主宫，与湖北麻城的帝主庙一脉相承。

"从小老人就说的嘛，老家就在麻城。"老人们一边说着，头上的白帕子也随之摇晃，但仍然稳稳地包裹着老人们两鬓的白发。

"川人喜欢扎白帕子，据说是源于湖广填川。"向承彦介绍，填川路途遥远艰险，移民中时常有人死于途中，扎白帕子是为了向死者表示哀悼。由于死于途中的人实在太多，以至于包白帕子竟成了一种习惯，流传至今。

曾家族谱：每页盖有御赐大红官印

铜鼓镇龙湾村，深深地夹在两座大山中间，建于清朝迄今已有200多

·重庆篇

▲ 巫山县铜鼓镇曾氏祠堂,70多岁的曾纪钦老人拿出了曾家盖着官印、发黄的老祖谱(鞠芝勤 摄)

年历史的曾家大院至今保存完好。曾家在这个俗称凤凰墩的地方,繁衍生息已超过十代。

"族谱上记载,我们的远祖世居山东嘉祥曾子庙,后来移民江西、湖南,在'湖广填四川'时至湖北建始县,后来又迁移到这里。"73岁的巫山当地书法家曾纪钦说。

曾家大院,因清光绪年间,授湖北应山县训导的"贡老爷"曾衍光而闻名乡里。

"我就出生在这座四合院,一直到参加工作时才离开。"曾任巫山县纪委负责人的曾衍光第五代孙曾纪钦如是说。

曾家大院依山就势坐东向西,是座典型的四合院建筑,正房和东西厢房是木质结构,进门的倒座房是土质结构,四面将庭院合围在中间形成了中间的天井。

君从何处来——重走湖广填四川移民之路采访纪实

▲ 曾家大院里老人抚摩"寿"字金匾（鞠芝勤　摄）

▲ 巫山县铜鼓镇曾家大院，曾家后人展示他们祖上留下的"仁者寿"金匾（鞠芝勤　摄）

▲ 巫山县铜鼓镇曾家大院的"祥发忠厚"金匾是祖上留下的宝贝（谢智强 摄）

　　曾家大院已因年久失修而略显古旧，曾家族人说，这里曾经是一座有两道院门、前后花园的雅致大院。

　　龙湾村老支书曾纪潮捧出厚厚的一叠族谱。翻开有些残破的书页，朱红的官印仍清晰可见。因曾家对朝廷有功，清康熙帝御赐字辈，由孔颜曾孟四家通用，并经道光、同治多次御赐和颁发，共形成55辈，这也是曾家族谱盖有官印的缘由。

　　族谱盖有官印在后人看来，还有更现实的意义，"清朝时，因为贡老爷的官位，我们曾家不用纳粮，不用交税。"曾纪潮说。

　　族谱记载，曾氏家族原住在湖北省建始县茅田木炮山（二道水），始迁祖名为曾尚义。二道水距巫山曹家坝100多里，曾尚义与兄弟一起打猎到了曹家坝，觉得此地不错，遂留居。

　　到了光绪癸未年（1883年），曾氏后人曾衍光在53岁时考中进士，被敕授修职佐郎，到湖北应山县（今湖北广水市）上任做训导官。为官清廉的他告老还乡后，在龙湾村建立曾氏大院，曾氏后人由此称曾衍光为"贡老爷"。

曾氏后人：良好家教传承数百年

经历了200余年的风雨,曾家大院四合院已是斑驳不堪,室内因多年没人居住,蛛网密布。

在距离四合院门前十余米处,可见由条石组成的四层阶梯。"这个地方原来叫大龙门,门内有两条长木凳,门外上首悬挂'进士'匾",曾纪钦说,昔日的老宅是当地最为壮观和宏伟的建筑。

四合院门口上方有一块已缺少两个字的"□□流光"横匾,"四个字是积厚流光,厅屋原来有三道门,出入一般是左右两个门,中门只有达官贵人来时才开。堂屋门厅外上方挂有'祥发忠厚'金字木匾,屋内挂有'仁者寿'匾"。

数百年过去,曾家人依然守着"积厚流光"的古训,"讲厚道是我们家族一直遵循的,穿不穷,吃不穷,不厚道一世穷。万般皆下品,惟有读书高。贡老爷一直读书读到53岁才考了贡生,这对我们这些后人是个激励,现在我们很多曾家后人都是靠读书走出了大山。"曾纪钦站在老宅前不无感慨地说,良好的家教是曾家的传家宝。

曾家只是填川移民家族的一个缩影。向承彦认为,"尽管历尽艰险才

▲ 巫山县铜鼓镇龙湾村曾家大院,一名曾氏族人在门槛前逗怀中孩子(谢智强 摄)

▲ 巫山曾家大院曾氏后人保存完好的老家谱（鞠芝勤 摄）

▲ 曾氏后人大聚会（鞠芝勤 摄）

到达蜀地，披荆斩棘才站稳脚跟，但入川移民以此为家，不断壮大，并建立家族宗祠，续修族谱。其中许多人青史留名，成为移民的杰出代表，为巫山乃至整个四川地区经济发展作出了杰出贡献。"

（周　芹　郎清湘　申晓佳）

耕读传家
大昌方氏家族走出文人武将

古时的长江三峡多激流险滩，惊涛骇浪之下，过往船只翻覆时有发生，但在明末清初战争频发时代动荡的大背景下，再险要的三峡也无法阻挡大量来自湖广的移民前来"填四川"。

因为与湖广省跨界相连，古时的巫山县则成了先辈移民们从陆路进入四川的第一站。

据史料记载，从长江水路入川的移民，第一站到达川东，即现在的三峡库区巫山奉节云阳一带，部分长途跋涉的移民因为疲惫不堪，不愿再向前行进，于是选择在这一地区择地落业。而另一部分移民则沿江而上，到

▲ 巫山县大昌镇，方家祖辈传下的石碑记录了其家族迁移历史（苏思 摄）

▲ 巫山县大昌镇,方家后人清理祖坟杂草(苏思　摄)

达重庆、泸州、宜宾等州县,或经嘉陵江、沱江、涪江、渠江等长江支流,上行到合川、南充、内江、遂宁、广安等州县落业。

如今,300多年过去,众多的移民后代已经在这一地区落叶生根,瓜瓞绵绵。走访巫山县多个姓氏家族,从其家谱的记载中,均可以看到当年"湖广填四川"的宏大规模和艰辛。

其中,一个从湖南迁移而来的方氏家族选择了在繁华的巫山县大昌镇落地生根。

在当地大昌镇营盘村村头,方氏家族祖坟前一块历经岁月沧桑,碑面已经斑驳的石碑上,依然可以分辨出其家族祖先的迁移之路:在清咸丰十一年,其方氏家族的祖先方正珠原系楚南宝庆府新化县灵官庙人氏,原是一名解粮官,后因"湖广填四川",于是携家带口沿水路进川,最后落户巫山县大昌镇方家槽至今。

营盘村村主任方德柱介绍,目前当地方家已经传了14辈,分布在大昌、骡坪等处,而云阳以及陕西镇坪等地均有分支,成为了当地一个庞大的家族。

"有女莫嫁方家槽,三月豌豆九月苕。天干三日就缺水,坛子背水洗红苕。艰苦环境求生活,男人前往炭厂摇。肩挑背磨将炭卖,辛苦挣点油盐钱。"

至今,在巫山的许多地方,都流传着这样一首歌谣,说的是位于今天大昌镇营盘村的方家槽穷苦不堪,生活艰难。

"祖上从湖南入川时,有个地方落脚就不错了,条件是艰苦。不过经过几代人努力,现在条件好很多了。"巫山县科协办公室主任方裕和出生于方家槽,他介绍,巫山方氏于清初由今天的湖南娄底市新化县迁至大昌镇营盘村方家槽,并于咸丰十一年(1861年)竖立了方氏祖茔碑并留存至今。

据方氏族谱记载,其入川始祖初到巫山时,"上无片瓦遮风雨,下无寸土立足基"。入川后,以耕读为本,经过艰难打拼,为子孙后代创下基业。从方氏历代先祖的墓碑碑文中不难看出,在其历代族人中,既有农庄主,也有文武官员。

"不仅如此,现在的方家槽已经发生了翻天覆地的变化。"方裕和介绍,特别是近几年来,随着巫山至神农架的省级公路贯穿方家槽,村级公路四通八达,完全改变了过去"肩挑背驮"的状况,村里还用上了自来水,人畜饮水困难得到了解决,彻底改变了村里"坛子背水洗红苕"的局面。

几百年的发展,让方家槽从一个贫穷落后的小山坳,成为今天方氏族人安居乐业的好地方;几百年的繁衍生息,也让方氏家族,从入川时不足二十人,发展到今天族人遍布巫山、云阳、四川房县、陕西镇坪等地方,仅在方家槽就已经传衍至14代、超过6000人。

如今,每年清明,都有方氏族人从巫山周边地区赶赴方家槽祭祖,而方氏族人也已经和湖南娄底祖籍地建立了联系,两地联合续修了通谱。

"从最初的无以立足、艰苦创业,到建立宗祠、人才辈出,再到如今枝繁叶茂、传续宗族,'湖广填四川'的先民们,真正让神女峰下的异乡成为了子孙们的故乡。"方裕和说。随着他的目光望去,远方的湖北麻城,是先祖的故乡,却是他的异乡。

(范永松 陈维灯)

夔门天下险　挡不住奉节人的寻根情

滚滚长江水进入渝东门户夔门时，水深流急，波涛汹涌，呼啸奔腾，令人心悸。这里，即是地处长江三峡库区腹心，渝东北地区的门户，古之夔州府，今之奉节县所在。

▲ 奉节长江边的依斗门码头，浩瀚长江波涛汹涌，300多年前，部分移民就是乘船过夔门来到奉节（胡杰儒　摄）

据历史记载,明末清初,李自成、张献忠起义军多次转战夔州,张献忠死后,起义军余部组成"夔东十三家",与清军大战于川东。战乱延续多年,人民迭遭兵燹、饥馑、病疫,出现"村不见一舍,路不见一人"的荒凉景象。

清康熙年间,采取轻徭薄赋、免其编审、永不加赋等措施招民垦荒,外省贫民纷纷迁移入川,奉节人口得以恢复和发展。

如果长江水有记忆,她一定不忘当年"湖广填四川"移民由陆路和水路逆江而上,扶老携幼、迤逦而行、水陆并进的壮阔场景。

移民们穿过夔门雄关,进入四川盆地的门户夔州府后重新聚首,不停感慨入川路之艰辛。

在繁华的商贸和军事重镇夔州府,移民们经历几个月的长途跋涉后得到短暂的休养生息,地广人稀和肥沃富饶的巴蜀大地重新点燃了他们的强烈欲望——插占为业,繁荣后代。

史料记载,至嘉庆元年(1796年),奉节增添男女共118854丁口。这就是奉节历史上规模最大的一次移民。康熙六年(1667年),裁大宁县并入奉节县,雍正七年(1729年),复设置大宁县。

300多年后,三峡起平湖,江水已静默,奉节也以天坑地缝为代表的自然风景闻名世界,但依然难以阻止生活在奉节的湖广移民后裔们努力探寻祖先迁移路径的"寻根"热情。

清初:每天数千移民在夔州府聚合分离

三峡工程建成10多年后的今天,曾经险峻湍急的长江三峡已经模样大改。耀奎塔下,奉节古城已淹没于江水下。旁边,依斗门昂立岸边。位于两处景观中间的诗城博物馆门前,两个"万寿宫"的石头墩子历经数百年风吹雨打,依然熠熠发光,揭示出300多年前的繁华。

据记载,在清代,江西商人所建的万寿宫、福建会馆等会馆集中在奉节老县城,街头各种商铺林立,南来北往的客商在这里交易。

"置夔关,铸银锭。夔州府在清朝,是奉节历史上最繁华的阶段。"长期研究移民历史的诗城博物馆馆长赵贵林说,"湖广填四川"大移民不仅促进了奉节的经济繁荣,各种文化更是在这里交织。

奉节古称夔州，西接巴蜀，东连荆楚，扼三峡，汇万流，雄关险隘，历来为兵家必争之地。三国蜀汉刘备兵败退守夔门，白帝城托孤，至今令人唏嘘不已。

"两宋时，奉节叫夔州路，相当于现在一个省的行政中心，管辖范围除了今天的重庆和四川，还包括贵阳。这里还是当时钓鱼城保卫战的指挥部所在地，多次挫败蒙古大军自长江上游而下征服南宋的图谋，堪称南宋抵御蒙古的西南巨屏。"赵贵林说，尽管奉节历来为路、府、州等所在地，但没有一个历史时期的繁荣超越清时夔州府。

但清朝时期的繁荣却由来不易，离不开"湖广填四川"的大移民运动。在此之前的明末清初，张献忠领导的农民起义战争在此区域长期冲杀，加上灾荒不断，让当时的夔州遍地哀鸿，人口锐减。奉节县志记载，明正德年间，整个奉节只有498户，2376口人。

为填充人口，来自官方的强制移民和民间的自发移民接连不断。道光《夔州府志》第34卷载，清初，"楚省饥民"每天由三峡水道入川达到数千人之众，加之由川鄂盐道入川的移民，每天数千移民在夔州府聚合和分离。

时至今日，巴渝大地流传的"解小手"和"解大手"的说法，据说均来自当年的强制移民措施捆手。被捆上手的移民路上要方便，只得让押解者解绳，于是小便要求解一只手，名为解小手；大便就解双手，名为解大手。

▲ 奉节县依斗门（谢智强　摄）

▲ 奉节县依斗门,站在当年移民靠岸码头,诗城博物馆馆长赵贵林思绪万千。他对"湖广填四川"移民史有深入的研究(鞠芝勤 摄)

清道光年间,奉节当地人口就激增到了11.8万多人。赵贵林解读说,300年间,奉节人口翻了50倍,主要是靠移民填补的,因此今天多数奉节人是湖广移民的后裔。

移民日益增多,带来的货物也在这里交易。"清朝乾隆年间,夔关成为四川唯一的关,所经商品必须在这里报关,才能沿长江上下,每天来往船只有三五百之多,在江边形成了货物一条街。"赵贵林说,夔关的收入占了四川省财政收入的70%,养活了全省官员。

彼时,湖广移民中的商人开始沿长江水道,逆流而上向四川贩运短缺的棉花和布匹,向下运输川盐。

而300年后的今天,一些开始拥有较好经济条件的奉节人则与先辈移民的道路反向而行,顺长江而下,去追寻祖先的踪迹——"寻根"。

那坚持不懈的努力和毅力似乎遗传自同一种基因,"这与他们的祖辈想方设法维持生计和善于贸易也许不无关系"。

艰辛:6次入鄂8年"寻根"仍无果

水有源,故其流不穷;木有根,故其生不穷。而为了找到自己的祖先,奉节商人李永才付出了比创业更多的时间和精力,其"寻根"的过程充满无比的艰辛。

今年已经60岁的奉节李氏许家湾宗亲会理事长李永才身材魁梧,说话语音洪亮。作为一名成功的商人,经过多年的打拼,他手下已经拥有一个实力雄厚的企业集团,涉及酒店和煤矿等多个产业,企业资产上亿元。

企业正常发展,老李开始放心着手办理另外一件人生中的大事——"寻根",以完成家族和长辈们的嘱托,更是自己的心愿。

他说,为了寻到家族的根,自己耗资数十万,历时8年,6次入鄂"寻根",结果依旧没有接上先辈家族的族谱,也未找到入川前的祖宗。

李永才介绍,经过其家族多方考证,其许家湾支系的始祖名叫李耀白,但其并未入川,而是由其一子李上朝于康熙六年(公元1667年)左右,从湖广省武昌府咸宁县京城乡团林铺入川,是为入川始迁祖。随后落户在夔州府奉节县北岸许家湾,至今繁衍15代,近万人。

遗憾的是,李上朝出走匆忙,并未携带家谱入川,只传下一个字辈排行,于是许家湾支系的李家一直希望找到当初迁出的湖广祖先,没想到困难重重。

李永才说,许家湾宗亲会成立后,自己就开始一边组织族人重修家谱,一边身体力行,驱车四处寻找湖广迁出地的祖先。"热衷寻根的族人多是老人,要么年纪过大,不宜奔波,要么经济和时间有限,而自己旗下有多家企业,身体尚好,于是'寻根'重任就落在自己肩上。"

2006年开始,李永才带着两位同族老人踏上了寻根问祖之旅。从重庆奉节出发,沿长江而下,老李驱车近1000公里赶到家谱中记载的武汉市咸宁区。

由于李姓是当今中国第一大姓,当地8个支系的家谱就多达8箱上百本。三人耗时两天,逐个翻遍,没有对上,老李首次"寻根"无功而返。

过了一年,老李再次踏上自驾"寻根"之旅。这次,他通过多方打听,在武汉市咸宁区找到了一个团林村,与族谱记载的迁出地相近。结果这个村只有两户姓李的村民,其中一户已经外出广东打工,一户房子已经垮塌,户主搬家不知去向,线索再次中断。

既然民间"寻根"走不通,何不向官方机构求助?又过了一年多,老李再次来到咸宁区,找到当地的档案馆,希望通过比对字辈,查找档案的方式来"寻根"。

结果,他意外发现在相距不远的荆门市京山县有一个团林铺镇,与祖宗的迁出地名吻合,这让他大喜过望。但在团林铺镇,他问遍当地李氏族人,没有相同字辈的李氏族人,也没有查到相同的始迁祖姓名。

过了不久,不死心的老李第四次驱车入鄂,再次来到团林铺,在偏僻的乡村又访问了四五家李氏族人,依然毫无收获。

在此期间,老李还曾前往北京和湖北麻城"寻根"。在北京的国家历史博物馆,他找到李氏家谱收藏间,发现全国的李氏家谱居然多达上千册,密密麻麻堆满了一间房。而在"寻根"之城湖北麻城,李氏家族众多,老李同样没有对上族谱。

虽然屡找屡败,老李依然不灰心,总结一番之后,他决定改变"寻根"思路,有的放矢。于是,他分别在咸宁、京山、麻城和团林铺等地各发展了一个当地"寻根"线人,让他们找到与奉节许家湾迁出祖宗有关的线索后,再通知自己赶去查找。

前年,湖北咸宁的线人打来电话,声称找到当地一个李氏家族字辈与奉节分支相近。于是,老李兴冲冲地千里迢迢赶到咸宁,步行了两三个小时后,在当地一个小山村找到8个当地李氏家族的老人,其中年龄最小的都已是79岁高龄。

老人们耳朵不好,通过艰难喊话,虽然没有对上族谱,但老李从老人口中发现了一个当地族谱的规矩:当地族谱只传男不传女,而且只传长子。如果要找族谱"寻根",就只能找当地家族中掌管族谱的长子,这为自己以后寻谱对谱节省了时间。

前年,已经58岁的老李自驾前往天津,给当地李氏家族送家谱。汽车路过武汉,老李顺道第六次进入湖北"寻根",再次失望而返。

"寻根"8年,老李自驾跑了10多万公里,将一辆越野车开到报废,花费数十万,所经历的磨难比创业更艰难。

当然,这种付出,如果没有老李身为当地一家年产值上亿的民营企业集团公司董事长的身份做后盾也无法支撑。作为一名创业成功的商人,老李还向家族的李氏宗亲会捐款100万元,用于修缮祖墓和修订家谱。

当年曾与老李一同出发"寻根"的两位同族六旬老人,如今已经驾鹤西去。年龄不饶人,已经60岁的李永才决定以后"寻根"带上专职司机,

▲ 家住奉节县城的李永才拿着自费制作的《李氏家谱》，讲述他的寻根故事
（谢智强　摄）

不再亲自驾车。

对于未来"寻根"，老李依然越挫越勇，虽然天下李氏是第一大姓，分支遍布天下，但他有信心找到与入川先祖相接的祖先，让入川的族人认祖归宗。

幸运：2万奉节邓氏移民后裔认祖归宗

与李氏家族耗费巨资长途跋涉"寻根"的艰难相比，当地邓氏家族"寻根"幸运了许多。

奉节邓氏文化研究协会办公室主任邓隆炳介绍，当地邓家祖上就是"湖广填四川"时期的第一批入川移民。62岁的邓隆炳是奉节县朱衣中学的一名退休教师，受家族委托，专职负责全族家谱的修订。

他提供的奉节邓氏家谱记载，在清朝康熙至乾隆年间（公元1662—1736年），家住湖南岳州府临湘县的先祖邓世勋去世三年后，其妻郑氏作出决定，携五子入川，最后落户朱衣镇油沙村。

随后，受其影响，多达20多支的邓氏族人陆续从湖南岳州府迁出，来到奉节位于长江南北两岸的九树、杨坪、东溪等地落地生根，繁衍至今。

邓隆炳说,经当地邓氏文化研究协会初步统计,奉节邓氏经过300多年的生息繁衍,历经12代,至今已经发展成为拥有24个支系的大姓,总人口超过2万人。

而在全国,邓姓是百家姓中的大姓,排名29位,全国总人口700万人,在四川和重庆就有200万人。

为了"寻根"溯源,奉节邓氏家族耗时4年,修齐本地家谱联谱,重新编了族歌,定了族规和族训,并于2010年持家谱赶往祖先迁出地湖南临湘县"寻根"。没想到,当地邓氏家族同样保留了完整的家谱,通过核对家谱,两个家族发现了相同的祖辈名字,成功续谱,幸运地找到了同宗的族人找到了家族的根。

如今,重续家谱的两地邓氏家族已经恢复了亲人般的交往,每年的新春团拜会两地还轮流举办,2011年,更是在奉节举办了一场超过160桌的超大规模的家族团年盛宴。

(范永松　郎清湘)

云安：沉睡在水底的移民老镇

"云安镇的繁华，三天三夜也说不完哟。"2014年6月14日，遥望着重庆云阳县云安镇的方向，三峡文化研究学者胡亚星感慨不已。

云安老镇与云阳老县城相隔30里，已在修建三峡大坝时淹没在汤溪河中。而在胡亚星的讲述中，曾经闻名川东地区的盐场、有"银窝子"之称的云安镇，渐渐浮现在我们眼前……

▲ 古镇——云安全景（吴学兵　摄）

古人曾用这样的诗句描绘云安镇："一井吐白泉,万里走黄金。"而云阳县民间流传的顺口溜则是"妹娃子,快快长,长大嫁到云安场"。从这无比艳羡的口气中,我们不难想象,当年的云安镇是怎样一个繁华之地。

盐业兴：人们从四面八方汇聚云安,带来盛世繁华

大自然的神奇造化,赐予云安四周清秀迤逦、连绵起伏的牛头山、金瓜山、马岭山、宝珠山,赐予云安迂回蜿流、清澈甜美的汤溪水,赐予云安渗涌不绝、汨汨流淌的盐泉。古人遂在云安逐水而居,水携盐而出,盐育人以美,就这一方神秘奇特的水土,数千年来默默无怨地养育着这一代又一代的云安人！

云安汲卤煮盐,以"白兔井"的诞生为标志。公元前206年,汉王刘邦为招收巴、蜀人定"三秦",率樊哙由东乡(今宣汉县)入朐忍县(今云阳)募兵招贤。樊哙在云安射猎,见一白兔,逐而射之,白兔负伤逃入草丛。樊哙拨草寻觅,发现石缝中有一股盐泉缓缓流出。刘邦与隐士嘉相遇洞口,

▲ 云安箭楼原貌（吴学兵　摄）

嘉劝刘邦早定三秦大业,高祖知嘉志在扶翼,赐嘉姓扶,令扶嘉掘井汲卤煮盐。嘉使民在涌出地表的自然盐泉周围,用土石围筑成井口,向下挖掘,直到卤水涌出,建成了云安第一口卤井——白兔井,从此拉开了云安汲卤煮盐的历史帷幕。

食盐是维持人类生存的基本物质。在古代,食盐还是重要的战略物资,又是税赋的主要来源,历朝历代的统治者都牢牢地抱着这棵摇钱大树,尽享其福荫。云安盐场从汉高祖临幸的那一天起,就被卷入朝代兴衰更迭的历史漩涡,政兴则盐兴,政亡则盐息。

"盐兴,人们从四面八方汇聚云安。"胡亚星颇为感慨,盐业和古镇相辅相成,荣辱与共,盐业也在历史上造就了移民汇聚云安,带来盛世繁华的辉煌。

汉武帝元封元年（前110年）,朝廷就在朐忍设巴郡唯一的盐官。《水经注》记载:"汤溪翼带盐井一百所,巴、川资以自给。粒大者方寸,中央隆起,形如张伞。故因名曰伞子盐,有不成者,形变不方,异于常盐矣。"民国《云阳县志》记述"自汉以来,朐忍盐利,为蜀货大宗,尤为当县大政,朝廷常置重臣监领。而盐务离县城较远,故移县就汤,以资控摄"。

正是这一时期,人们向云安聚集,煮盐易食,生息繁衍,在唐初形成街市。

云阳县志办公室中,保留着一份《云安镇志》记载,明朝早期,管理制盐的官员往来迁徙频繁,尤其到明朝中期,每年都要来一批走一批。制盐的工人增加到了1000多人,人口流动开始加剧,每年大概有两三百人处于迁徙之中,占盐场常住人口10%左右。

"明末清初,云阳等川东一代陷入数十年的战乱,明军、义军、土匪、清军、叛军,互相倾轧绞杀,对川东地区最大危害的是吴三桂的叛军,经年累月的作战导致百里之内无人烟,群虎出没,云阳人烟凋敝,盐场开始没落。"胡亚星解读云阳历史说。

清初云安名绅邓希明《云安场记》记载亲眼所见盐场没落场景:崇祯之甲申岁(1644年),绿林蜂起,张献忠入蜀之后,姚、黄乱于江后,余、李乱于江前,互相出没,士民逃亡殆尽。乙巳年之春,余归里,仅存灶民一十二家。

顺治初年至康熙二十年,在历史上被认为是"湖广填四川"起步阶段,朝廷下诏填川,责令川民归省,鼓励地方官员移民。

▲ 云安街道(吴学兵 摄)

▲ 云安人家住宅（吴学兵 摄）

此后，清廷又给出了不收税和挽草为业的实惠政策，鼓励外籍人来云安开井煮盐。"购卤股者，胜于买田，以责息速且厚也"，盐利丰厚，炙手可热。到乾隆中期，湖广有64个姓氏移民云阳。巨大的利润使不少移民对云安古镇的盐场趋之若鹜，盐场重新兴旺。

一时间，古镇人声鼎沸，商贾云集，开发热潮一浪高过一浪。来自江西、湖北、湖南、陕西等地的陶、郭、周、林、陈、袁、蔡、李、江等人先后落户云安。其中最有名的是郭维贞、张荣廷、陶癖等。他们有的凿井置灶，有的购卤煮盐，有的经营柴薪燃煤，有的经营食盐销售……"辘轳喧万井，烟火杂千家"、"无室不成烟，无民不樵薪"，正是当时云安盐厂热闹场面的真实写照。

鼎盛时：20多个省的移民在云安建会馆、修街巷、筑庙宇

"云安是典型的移民城镇，五湖四海、天南海北的人们会集此地，不仅带来了云安盐业的兴盛，而且不同地域文化的相互交融，更是在古镇留下深深的烙印。"胡亚星说。

来自同一地域的乡亲，房舍相依，毗邻而居，他们用自己的祖籍地名为街巷命名，寄托乡思。如湖北黄州人聚居的黄州街，江西人聚居的江西街，陕西人聚居的陕西街……为寻求保护，他们以乡情为纽带建立会馆，联合对外，依靠团体的力量守护着各自的利益，形成了古镇特有的社会关系。帝主宫是黄州人会馆，炎帝宫是湖南人会馆，万寿宫是江西人会馆，犟楼是陕西人会馆……鼎盛时期，有20多个省的移民在此建会馆、修街

巷、筑庙宇,古镇的每一条街都有不凡的来历,每一座会馆都是一段云安的历史!

与会馆交相辉映的是雕梁画栋、极尽奢华的豪宅大院。如陈家大院、林家大院、汪家大院、施家大院、郭家大院、张家大院,再加上"九宫十八庙",在古镇形成了建筑艺术的"大观园"。

特别值得一提的是陕西芊楼,匠心独具。其形为四边形五层碉堡式建筑,外用条石青砖垒砌,内用木料为楼形成回廊,登芊楼如登天梯。站在芊楼上俯瞰,古镇如画,群山似涛。陕西人在此聚会议事,祭祖祈神,防盗抗匪。清道光年间,铸铜钟一口,兼作报时。从此,芊楼古钟成为古镇的灵魂和指挥中心,盐场的工时调度、居民的生活起居,全托付于钟声。闻声而起,听声而息,敲钟下班,盖章拿钱的日子百年有余。

民国时:县老爷想打牙祭,要坐滑竿过江到"耍事"多的云安

"文化的融合不仅体现在建筑的丰富多样上,同样体现在民间习俗和民间艺术的多样上。"胡亚星介绍,在云安,每年的春节、元宵节,都要举办盛典,尤以玩龙灯最是闹热。

彩龙、亮龙、火龙、草龙,群龙聚首,腾跃呈祥。由于不同地域来的移

▲ 居民住宅(吴学兵 摄)

民分属不同的团甲和帮会，他们所舞的，也是不同颜色的彩龙，如升平团舞黄龙，仁和团舞白龙，屠帮舞乌龙，栈房帮舞红龙，豆芽帮舞蓝龙。还有隆重的龙君会、火神会，祭祀水火二神。

每年农历七月的盂兰会放河灯也很具特色。一到夜晚，家家户户都将做工精巧的灯放进汤溪河里，遥寄哀思，追悼亡灵。如今盂兰会不再，但云安人"团社"祭祖的习俗得以延续，亲人死后三年内，每到祭日，无论家境贫富，都要置备丰盛的酒菜，邀约亲朋好友扫墓凭吊。

古镇的民间艺术可谓百花齐放，争奇斗艳。川剧、京剧、皮影、评书、竹琴、金钱板、谐剧、相声、四川方言，都曾活跃于古镇文化舞台。著名的川剧艺术家陈耀庭、陈书舫、谢文新，京剧艺术家王爱如均到云安演出过。

有"古镇三绝"之称的云安土生土长的民间艺人更是深受人们喜爱。评书艺人冯万青，说书引人入胜，听众如痴如迷。他曾到宜昌演义《佛道争夺滴翠寺》，听众座无虚席，滴翠寺从此名扬天下。"向白嘴"善唱皮影戏，吹打拉唱一人完成。"梅麻子"善讲书，借鬼狐神怪故事寓人间善恶报应，劝人积善积德，这些故事家喻户晓，至今流传。

"相传民国时期的重庆云阳县老爷想打牙祭，也要坐滑竿过江，因为云安镇'耍事'多。"胡亚星笑着说，云安镇聚居了陶氏、郭氏、周氏等几大盐商家族，"吃喝玩乐任何一样，都远超过县城。"

如今，虽然云安镇已沉睡在水底，但那由各地移民共同创造的繁华盛景，却依旧在历史的长河中闪烁着荣光。

（陈维灯）

·重庆篇

三姓人合家迁四川　和睦相处近200年
——清朝首位汉人将军程德全背后的移民故事

说到清朝首位汉人将军程德全，人们多半会提起他的文韬武略，用兵如神；然而却很少有人知道，这位汉人将军其实是"湖广填四川"迁徙到重庆云阳的移民后代，并且他的先祖，当年还是与另外两姓人一起"抱团"迁川，在云阳和睦生活近200年！

▲　云阳盘龙镇活龙社区，由汉人将军程德全捐建的程氏宗祠（胡杰儒　摄）

▲ 云阳盘龙镇活龙社区程氏宗祠，石墩上的雕花清晰可见（胡杰儒 摄）

非亲非故的三家人，为什么要"抱团"，又怎样能和睦相处近两个世纪？2014年6月11日，我们来到云阳县盘龙镇活龙社区，探访程德全修缮的程氏宗祠，了解背后这段不为人知的移民故事。

三姓抱团迁徙

云阳新县城对面，沿张飞庙"江上风清"题刻旁的道路往前，盘龙镇活龙社区的山间，一大片残垣断壁在荒野间格外抢眼。

常年的雨水冲刷，在残留的灰白墙体上留下了道道淡黄色的水痕。裸露的木梁上，屋瓦已支离破碎；只有那墙体上淡淡的花纹痕迹，巨大的青石屋基，依稀残存着当年的风采。当我们走近这片几近废墟的建筑前，正门上方依稀可见"程氏宗祠"四个工整的大字。

这里，就是曾名扬川东的"程氏宗祠"。云阳人都知道，这是由清朝第一位汉人将军、云阳人程德全修建的。

但却很少有人知道，程德全成长在一个特殊的宗族中：这是一个因为"湖广填四川"而同居共爨（cuàn，烧火做饭之意）七世，共修祠堂的异姓拟制宗族（即各个家族之间没有血缘关系，但就像真正的亲人一样共同生活）。

故事,要从明洪武二年(1369年)正月十八日说起。

湖北麻城孝感乡程家村,太阳刚从地平线升起。

程家、李家和殷家上下大大小小三十三口人,围绕在程家院子里。院子正中,祭台、香炉、祭品一应俱全,三家领头人程应良、程应海、李玉明、李玉道、殷万纲、殷万相焚香叩拜先祖——从这天起,他们将携家带口,离故土而去,向着遥远的蜀地迁徙。

这是三家深思熟虑,共同谋划的决定:抱团由楚入川。

据程氏家谱记述,他们最初落脚重庆开县,住了一年后,迁到了万州的龙驹坝。两年后,又移居云阳辖境的维都坪,最后在此地安家发展。

在维都坪,三姓"同居共爨,出入相友好,守望相助",开辟了大片田土,很快发展起来,并共同修建了三姓公祠。1916年,程氏后人程德全与族人一起修缮了三姓公祠。

三姓共居近200年

程德全曾担任清黑龙江巡抚,最终成为第一个"反正"(即脱离清廷,加入辛亥革命阵容)的前清大吏。1912年孙中山在南京组织临时政府,任命程德全为内务总长。

这位历经清朝和民国、位高权重的政界要人,在修建三姓公祠时也格外用心。据活龙社区80岁的冉清华介绍,三姓公祠解放前是乡里的学校,大门前和公祠屋后有近10米高的碑林,进门是戏楼,戏台顶上还吊了斗笠形状的尖顶。"相传这座戏楼,和张飞庙的戏楼是一样的规格!"公祠旁边原本还有几幢大屋,整洁气派,被公认为是当时云阳县最好的房子。

程德全之所以花力气将三姓公祠修建得如此风光,其中有着对三姓共居近200年仍和睦的深厚自豪感。

据《云阳县志》记载,"三姓六人约为昆弟,七世同居,不通婚媾,传十七代,食指数千尤亲睦无少警。"三姓同居共爨一家达七世,按25年为一世,则有175年之久。

"三姓一共30多人抱团而行,在当时是比较常见的一种移民方式。这种方式一来沿途可以相互照应,确保移民安全;二来到了移居地,可以壮大势力,便于相互援助,保护自己。"湖广会馆特别研究员、移民文化研

究会秘书长岳精柱认为,三姓是典型的自愿移民。

"没有任何血缘关系和婚姻关系的三姓人口组成的家族,同爨共食,互不通婚,这是人类学所称的典型的拟制宗族。"岳精柱说,三姓同居七世,这是人类移民历史上少有的。可以想见,在当时的云阳县,这无疑是当地的一段美谈;而三姓同居过程中又培养出了程德全这样的人才,更是加深了彼此的家族自豪感和认同感。而程氏宗祠,就是这份感情的凝聚和见证。

(周　芹　陈维灯　申晓佳)

云阳郭家大院见证移民望族的兴衰

　　一条滚水河,南岸居住的是明朝洪武年间的湖广麻城人,北岸居住的是清朝康雍年间的湖广人。"湖广填四川"的两次大型移民居住地如此泾渭分明,除了云阳,在其他地方绝无仅有。

　　元末明初,战乱不断,"导致了峡江四百里之内无人烟的惨烈景象"。73岁的三峡文化研究学者胡亚星说,后来,明末清初,战乱持续,这其中长达400余年的两次"湖广填四川"大移民填补了云阳人口的亏空。

▲ 云阳县南溪镇青云村,郭家大院的一侧(鞠芝勤　摄)

君从何处来——重走湖广填四川移民之路采访纪实

▲ 云阳县南溪镇青云村,郭家大院门口的有200多年历史、保存完好的岩门子石塔(鞠芝勤 摄)

"到清朝乾隆末年,云阳99%的居民都是来自移民",移民给云阳带来了前所未有的繁荣,而从移民后代中,更是走出了多名高官和名门望族。

在云阳县南溪镇青云村,就隐藏着一座建筑面积约2200平方米的郭家大院,宽敞的四合院,高大的女儿墙,适合多代同堂的建筑结构,显示了当年望族的风采。

虽然时光过去数百年,建筑物已经破败,但依然可见该房建筑风格是典型的川东大户样式,延续了宫廷式建筑风格,保存完好的有"古柏青松"、"四部书香"、"五知风峻"的书牌坊。该院曾见证了两个当地移民望族的兴衰。

郭家院子最初的主人姓李。李氏始迁祖为李茂亮(字有邦),于康熙四十四年(1705

▲ 劳作之人背后就是郭家大院所在地——云阳县南溪镇青云村（谢智强　摄）

年）由湖南邵阳迁入云阳县北黄村，经营农业几十年，自盐渠至路阳，广袤数十里，沃野相属，均为其产，终成云阳江北望族。

院内至今悬挂的"五知风峻"书牌坊，传说是因为李家"五子登科"，虽无实据，但李家确实耕读传家入仕者众。"五知"的出处有二：一为知恩、知道、知命、

· 重庆篇

▲ 云阳县南溪镇青云村，重庆晨报无人机从高空拍摄的郭家大院（鞠芝勤　摄）

▲ 云阳县南溪镇青云村，郭家大院里的牌匾（谢智强　摄）

▲ 云阳县南溪镇青云村郭家大院，屋檐上砖瓦缝隙中长满了杂草（谢智强　摄）

知足、知幸，教诲人们要安分守己，宋代任布曾作《五知堂》，即谓此。一为知时、知难、知命、知退、知足，宋代李绎在外做了很久的官，但"意不自得"，曾作《五知先生传》（事见《宋史·李绎传》），后来李姓人家往往以"五知"为堂名，如"五柳遗风"多为陶姓人家、"爱莲世家"多为周姓人家一样。

李茂亮之子名自武，字纯勋。自武有7个儿子，其中入学仕职者6人，应荣、应馨、应发3人为贡生，"朴学茂行，闻于乡里"。应馨的孙子肇律功名最显，光绪二十九年（1903年）中进士。而同治四年（1865年）李氏张夫人被大清皇封为"一品诰命夫人"。

因家道中落，李氏家族于道光1828年将大院转于郭家，大院相继扩

▲ 云阳县南溪镇青云村郭家大院如今已破败（谢智强　摄）

建，因其姓郭且建筑面积大，被世人称为郭家大院。

郭家始迁祖郭维贞，于乾隆年间由湖北黄冈迁到云安场，业盐并致富，后在盐渠等地置有田产。郭姓为云安大姓，向有"陶一千，郭八百，周家巷子惹不得"之说，可见其声名之显。

郭维贞在云安经营盐业、煤矿，"世食其利，浸以润家，资皆巨万"，后其贤者皆以乐善读书为务，名人辈出。

郭家后人郭在田曾是云贵道台；郭平初是清末年举人，曾任黑龙江总督府官员、同盟会员；新中国成立后，郭林曾任教育部小教司长、科学教育学院院长；郭尺曾任最高人民法院副院长；现居台湾的郭林是现代著名作家、亚洲作协理事。

（范永松　郎清湘）

巴南周氏八棱碑的故事

这是一个重庆人11年的"寻根"故事。

没有家谱,只有口口相传的字辈,怎样查证入川始祖从何而来?

走乡串户,好不容易找到记载家族历史的两截八棱碑,但其后两截碑却不知去向,怎么办?

赶赴八棱碑上记载的"孝感乡",只有始迁祖姓名,没有迁徙时的小地名和时间,他能找到乡里,寻到乡人吗?

"老周,有线索了哟!来看看嘛!"

2014年6月14日一早,周勇又接到了那个熟悉的电话。他没有丝毫犹豫,立马开车奔向巴南区惠民街道龙凤村三合土。

让他如此匆忙的,是一条有关"寻根"的新线索——巴南区惠民街道龙凤村党支部副书记周启荣说,找到了一位了解八棱碑详细情况的80岁老人。

"寻根"11年,老周已经成了龙凤村的常客。

"八兄弟从麻城孝感乡长途跋涉而来" 爷爷的口述如何查证?

周勇出生在解放碑,是地道的重庆人。

他决定"寻根",始于2003年,那年,他50岁。

但并没有几个人看好他。反对理由无一例外是"没得家谱,难道你只靠传下来的字辈去寻根?"

▲ 2003年4月,周勇在巴南区惠民乡寻访(郭金杭 摄)

老周很执着。他记得小时候爷爷总对他说,周家清朝初年时从湖北省麻城县孝感乡迁来重庆,入川的第一代始祖叫周凤藻,是和七个兄弟一起来的。"爷爷说老家有块八棱碑,记载了当年入川后8个兄弟分家的历史。"

周勇决定,要"寻根",先得从爷爷的出生地找起。爷爷上世纪60年代就去世了,怎么找爷爷的出生地呢?

"爸爸的祖籍就应该是爷爷的出生地!"周勇翻开父亲的户口页,"祖籍"一栏写着"四川省巴县长生桥惠民乡三合土"。今天,这个地方就在巴南区惠民街道龙凤村三合土社。

他在巴南区地方志办公室查到,"三合土"的地名几百年没更改。这为他提供了准确无误的地址。

于是,他开始"寻根"。第一站是重庆的老家:三合土。

寻找到记载八兄弟分家的两截八棱碑　碑上记载的与口传的是否吻合?

在三合土寻访时,周先生听老人提起周家的"八棱碑"。

▲ 2003年4月,在巴南区惠民乡寻访（郭金杭　摄）

老人口中的八棱碑,是一块近3米高、横截面为八角形的高大石碑。石碑上方有微微拱起的顶盖,顶盖上有球形装饰,像伞盖一样遮挡着石碑。顶盖下面有四根一尺见方的柱子,连在石碑的基座上,样子很是大气。

老人们都提到,碑上"密密麻麻,刻满了字",而且有"周""祖"等字样。但在"破四旧"时,石碑被推倒,连基座和顶盖一起消失得无影无踪。

"碑上记载的应该是一部微型家族史。"周先生敏感地意识到,用石碑这种方式记载迁徙史的很少见,"有学术价值,一定要找到。"

但怎么找?

为此,他用了一个最"笨"的办法：挨家走访。龙凤村三合土社有近百户人家,他愣是敲开了其中五六十户的门。

功夫不负有心人。2003年4月20日,在一户农家的柴草棚里,他看到了一个高约一米,八面棱角,刻满字的短粗石柱。虽然光线昏暗,他的心还是怦怦狂跳："难道这是八棱碑的一部分?"

掀开柴草,这是一个

▲ 第一次寻找到八棱碑（周勇　摄）

捣米的石臼，外面刻着一些字！借助手机的光亮，他细看上面的刻字，眼眶顿时热了：在四个工整的楷书大字"合族敬宗"的"宗"字下，竖行小字分明写着"高祖周廷□"，"周朝□"……"廷"字和"朝"字，正与口传的周氏入川最早的"奉启廷朝"字辈相吻合！

▲ 第一次寻找到的八棱碑（周勇 摄）

"这时我才意识到，八棱碑被推倒以后，很可能被切成几段，被农户搬家里了。"按照这个思路，周先生很快又发现了另一段八棱碑：它已经变成了一口水缸，"蜗居"在另一户农家的灶房角落，外面已经长起了青苔。

"只可惜，因为长期被用作水缸，水的侵蚀使上面的文字很多看不清了。"周先生叹息道。

好不容易找到的两截八棱碑又不翼而飞 还有一截无文字记载

终于找到了八棱碑的两截，周先生既激动，又疑惑："近三米高的八棱碑，不应该只有两截加起大约两米高的碑体，肯定还有一截！"

从2003年到2009年，他继续走在三合土社的小路上，但来来回回6年多，始终没有新的进展。

2009年，在当地干部群众的帮助下，龙凤村将两截八棱碑拉到村委会院子里保存起来。谁知今年去看时，又不翼而飞。

值得庆幸的是，此前，巴南区文物管理所知道了这个情况，由所长黎明把两段八棱碑上的文字完整地拓了下来。如今，原碑虽不见，但拓片犹存。

由于碑体残损，碑文断断续续，不大连贯。但大体可以看出，周家先祖移民入川插占为业，"珏始祖系湖□□□□□□于斯，生予四孙十

▲ 2009年4月,周勇在巴南区惠民乡寻访(郭金杭 摄)

二人"后,经过几代人的艰辛努力,不仅立住了脚,解决了生存问题,而且繁衍壮大。但是,由于"□□□□无稽,以致派字各异",于是"合族议建清明会",将各房派字标示清晰,"旨示久远,勒石□先祀,赖以不废而□伦於焉"。

碑文采用阴刻方式,碑的顶端横刻了"合族敬宗 垂之永远"八个楷体大字,每面一个。在"垂"字之下又竖刻"垂远故始"四个大字,"意思是周家发展将会源远流长,大家不要忘本,不要忘了是从这里开始的,因此要齐心意合,尊敬先祖,一代一代传承下去"。每一面刻了不少文字,有的就记述了一个分支,周勇家的世系刻在"宗"字下面。从残碑上目前只能看到从高祖起共九代的名字,周勇所处的"德"字辈是第十二代。

在全碑开头的"合"字下面,许多字已经模糊了,但有几个字还清晰可见:"县孝感乡民籍""三合土凤凰山"……

根据这些记载,可以看出周家先祖三百多年前来到当时的四川省巴县长生桥惠民乡三合土社居住。后来家族兴旺,分家发展,为了不忘根本,慎终追远,竖了这座八棱碑,刻下了家族入川的历史。

但由于时间久远,石碑早已残损,文字并不完整。周先生为此常跟当村干部的周启荣联系,希望找到知情老人,了解清楚。

2014年6月14日,周启荣的电话又打来了。"有位老人知道竖立石碑的准确地方。"

周先生赶到龙凤村三合土社,跟随周启荣来到一户农家院坝。有100多年历史的老屋正对着龙望山,台阶上青苔点点,大门上悬着用于辟邪的"吞口"面具。老屋主人80多岁,叫张上元。他的耳朵已不太灵便,但记忆仍清晰如初。

"八棱碑以前就在我这老屋背后的坡上!"张上元起身带领周勇来到屋后山包的竹林里,指着一堆残存的石头说,八棱碑以前就竖立在这里,后面原来还有3座周家的老墓。如今,这里杂草丛生,旁边是一条新铺的水泥路,早已看不出当年八棱碑的踪迹。

"老辈子,八棱碑有好大?"周勇问道。

"大哟,八个棱,一面有一两尺宽;四个石头柱子,也有我家的门柱那么粗!"张上元用手比画着。

"那你看,碑上的字是不是这些?"周勇打开笔记本电脑,给张上元看自己收集的拓片照片。

▲ 2009年4月,在巴南区乡亲们的努力下,两段八棱碑终于"会面"了(郭金杭 摄)

▲ 2014年6月,为配合"君从何处来"报道活动,周勇精心研究八棱碑拓片,考证家族历史渊源(郭金杭 摄)

在拓片上,横向自右向左是"合族敬宗,垂之永远"八个大字;而在"垂"字下方又有三个竖字,合起来是"垂远故始"。每个大字下方都有一段段纵向的小字,记载着人名、地名。

张上元眯起眼睛,边看边点头。

在"合"字下方,"孝感乡民籍……三合土"清晰可见。周勇指给张上

▲ 八棱碑拓片(局部)(郭金杭 摄)

元看:"你看,这就是我的祖籍。我想知道,八棱碑有没有第三段?"

"有,但是上面没有字。"张上元肯定地回答。"我从小就在这坡上长大,经常经过八棱碑。"他告诉老周,"破四旧"时,八棱碑被切成了三段,一段是碑顶,碑身则被分成了两段。

听到他这样说,老周终于松了一口气。"既然八棱碑的第三截没有文字,那我可以确信,我家的祖籍,就是石碑上记载的'孝感乡'!"

两次赴麻城寻亲 为何都无功而返?

2013年10月国庆长假期间,周勇开着汽车,赶到始祖迁徙的地方:今湖北省黄冈市麻城市。老周的举动得到了重庆市历史文化名城专委会主任何智亚和秘书长张德安的支持和帮助。

"我查阅了大量资料,今天的麻城市就是当年的孝感乡所在地。"为寻亲,周勇做足了功课。

到了麻城市,市地方志办公室主任钟世武、副编审李敏等接待了周先生,并把他介绍到麻城市文化研究中心、麻城市"湖广填川孝感乡现象"研究会查阅周氏家谱。

▲ 2013年10月,第一次到麻城寻访孝感乡移民始发地(李敏 摄)

▲ 2010年4月,父亲90岁生日时向周勇讲述祖先的历史(郭金杭 摄)

但当中心主任兼研究会会长凌礼潮带他走进家谱查阅室时,周先生犯难了。四壁的书架上,各色封面的家谱堆得满满当当,光是周姓,就有13支,家谱近百册。由于时间有限,他只翻阅了部分家谱,没有找到始祖"周凤藻"的名字。

凌礼潮和李敏等人热心地帮助他,带他走访了当年的"孝感乡都"、高岸河移民码头、帝主庙、移民博物馆等,还认识了"农民专家"刘明西。由于八棱碑已经残损,文字模糊,无法找到迁出的小地名和具体时间。加之周姓是麻城大姓,分支太多,找起来犹如大海捞针。后来,周先生又第二次去麻城查找,但最终还是带着遗憾回到了重庆。

让老周欣慰的是,2014年6月,重庆日报、重庆晨报"君从何处来"报道组在麻城采访时得知,麻城正在对收集的家谱进行数字化处理,将建立一个家谱数据库。将来,或许通过电脑比对,老周就能找出先祖的信息。

"寻根是梦,故里是情。我已经找了11年,还会继续找下去!这既是一个家族的历史,更是我们这座城市的一份文化遗产。"说这句话的时候,周勇脸上充满了期许和坚定。

(周 芹 陈维灯 申晓佳 杨 昱)

麻乡约　千里传递移民思乡情

中午，一群孩子踏着青石板，在重庆綦江东溪古镇街头打闹追逐。街旁建于明清时期的老宅院门口，三三两两的老人悠闲地喝着茶下棋看书。

置身于此，颇有一种"穿越"的感觉。

书院街上，老宅林立，若不是一块文物保护单位的牌子，丁字路口上的麻乡约民信局会和其他老宅一样，淹没在古镇中。

"麻乡约，在清朝和民国期间影响至深，是一条维系入川移民与故土麻城的思乡之情、情感交流、信息沟通的民间快递通道。"綦江区文物管理所所长周铃说。

麻乡约——中国西南地区最古老的邮局，曾鼎盛百年，如今已消逝在历史的长河中。不远处，官方的中国邮政、民间的顺丰速递，已让人们将麻乡约渐渐遗忘。

古镇旧痕：麻乡约民信局

"万天宫是四川人的会馆，南华宫是广东人的会馆。"东溪镇编修办主任罗毅介绍。

这两所具有明显地域性特征的会馆，脚手架林立，当地政府投入了1200万元资金进行大规模的修缮，今年底将重现明清时期的繁华旧景。

除了上述两所会馆，名噪一时的万寿宫几十年前已被拆除，"东溪古镇有'三宫六院'的美誉，基本上都是明清时期的建筑，这也是东溪历史上最繁华的时期。"罗毅说，在这座因盐而兴市、因码头而盛的古镇上，最多时常住人口超过5万人，是今天的两倍。

▲ 綦江东溪镇老街上有百年历史的麻乡约民信局（鞠芝勤　摄）

　　南华宫下行就是麻乡约民信局，"这是当年最繁华的一条街，麻乡约基本处于正中心的位置。"罗毅介绍。

　　砖木结构的麻乡约民信局建筑面积有220平方米，内有两个天井，外有一个2.5米高条石结构的门面，门楣中间刻有"当衢向术"四个繁体大字，虽然部分门楣上的字已经风化剥落，但仍清晰可见。大门左右环绕着两个对称的圆形花纹图案，是当时的邮戳。

　　麻乡约门前，一条斑驳的石板路是明清时期通往贵州、云南的必经之地，向下沿黔蜀盐马古道可抵綦水码头，此后进入长江下行，抵达千里之外的麻城。这亦正对应了门楣中所刻"当衢向术"四个大字，意为临着"通衢大道"，传递信件和物品更为方便快捷。

　　经过数十年乃至百年的"湖广填四川"移民，麻城等地大量外省人迁移入川，他们安家乐业后，思乡心切，祭祀祖先，续订族谱，告诉家乡人自己在川渝生活得很好等，但由于路途遥远，不可能每年返乡，就委托可靠的人代表他们回故乡探望，往返携带信件和家乡的土特产，以至于年年如

▲ 綦江东溪镇的黔蜀盐运古道上盘根错节的黄桷树见证了"蜀道难，难于上青天"（鞠芝勤 摄）

此，相约成习，成为我国民间通信史上一大创举，也为明朝中叶民信局的产生奠定了基础。

重庆市历史文化学者何智亚说，承担这种公务的人必须办事公道、诚信服众，人们称之为麻乡约，"麻，表示麻城；乡约，是当时农村负责调解乡里纠纷，为乡民办事的人"。

▲ 綦江东溪镇老街上的天官殿，是当年移民聚集的地方，目前正在修缮（鞠芝勤 摄）

清咸丰年间，麻乡约逐渐衍变为专业的客运、货运、送信的民间帮派组织。西南地区道路崎岖，有钱人家和官宦之家来往皆乘轿，信件、行李、现金等传递也在轿行办理，因此轿行也称信轿行。

"一直到民国时期，移民与麻城等故土的亲友通过信轿行进行联系仍然十分普遍。"何智亚说。

商界奇才：移民后裔陈洪义

"移民们虽然创造了麻乡约，但只限于熟识的麻城乡亲和后裔，并没有发展成一个组织。一直到清朝咸丰年间，綦江号坊村的陈洪义才将这一传统组织化、正规化，并逐步发展成为西南规模最大的民间运输行业，在全国都是响当当的。"綦江区文物管理所所长周铃说。

陈洪义生于清嘉庆二十五年（1820年），13岁父母俱亡，与人割草放牛，捡过炭渣，在綦江和重庆抬过轿子，后在川黔道上当轿夫。

"由于陈洪义疏财仗义，断事公正，常为朋友调解纠纷，类似乡约，加上他长有麻子，大家就喊他'麻乡约'，时间一长，他也自称'麻乡约'。"周铃说。

陈洪义的麻乡约兴起，有着强大的官方背景。据称张之洞的妻兄唐鄂生赴滇升任云南布政使，轿夫陈洪义抬唐母坐轿，一路四平八稳，侍候周到,又与唐鄂生同日所生,于是,唐鄂生帮助陈洪义在昆明建立了一家以"麻乡约"命名的信轿行,除了将部分公文函件交其递送外,同时函云贵川有关衙门要给予支持和保护。

"清咸丰二年(1852年),陈洪义就以麻乡约为招牌,正式在昆明设立麻乡约大帮信轿行。"彼时,陈洪义32岁,正值壮年。促成这一商业行为的外部原因在于,政府未办邮政,传书带信及汇钱寄物均赖民办。加之内地商旅日益发达,对肩舆、货运的需要逐渐增长,"麻乡约大帮信轿行"业务因而得以壮大发展,活动范围遍及西南各省。

麻城文化研究中心会长凌礼潮介绍,陈洪义的玄孙陈沛曾致电他们帮助"寻根",其祖上是来自麻城的移民。据此,他分析认为,"陈洪义在创办大帮信轿行时前面加上麻乡约三个字,应该与他是麻城移民后裔有关"。

麻乡约的主要业务是客运、货运和送信三种。经营客运的招牌叫麻乡约轿行;经营货运的招牌叫麻乡约货运行;经营送信的招牌叫麻乡约民信局,这三个主体合起来叫麻乡约大帮信轿行,一般简称麻乡约。

"陈洪义主要靠的是诚信,货物发生损失一律照价赔偿,从不拖累,以此不断招徕顾客。"罗毅介绍。

不过,麻乡约真正发展壮大与盐商和票号有莫大的关系。清朝末年,国外的经济势力和商业资本开始进入西南地区,本地商人需要灵通的信息交流商情、商谈贸易、传送账单,需要快速的汇兑,以加速资金的周转,换取高额利润。陈洪义的麻乡约在耗时长的马帮和荒废的官方驿政之外建立了诚信可靠的快递业务,赢得了各地商界的信赖,商界的信件和汇款几乎全部由麻乡约民信局承揽下来了。

难以想象到的是,麻乡约覆盖范围除了西南地区,甚至还走上了国际路线,"客运的轿子、货运的箩筐,经常在中越、中缅上运行,而且名声很大。麻乡约的线路之长、运量之大,让同业者望尘莫及。"周铃说。

百年历史:见证移民故土情结

同治五年(1866年),年近半百的陈洪义将麻乡约总局迁至重庆西二街口子上。

▲ 綦江东溪老街上的天官殿大门与当地老人（鞠芝勤　摄）

"外面招旗高悬，三开间的大门面，两边各为黑漆红面柜台，十分醒目气派。里面设有账房、客运接洽处、货运接洽处、客堂、饭厅和10多间客房。"何智亚说。

这一时期是麻乡约历史上生意兴隆、财源广进的阶段，在成都、嘉定（今乐山）、泸州、贵阳、昆明、打箭炉（今康定）等地设立了分号，西南至京津沪广、滇缅、滇粤道上的客货运输和信汇业务几乎全部由麻乡约包揽，各个分支业务应接不暇。

"凡托交的函件，虽穷乡僻壤，亦可送到。"基于此商业理念和诚信，綦江的麻乡约民信局也在这一时期建立。

麻乡约民信局快站信函中最有名的是"火烧信"和"么帮信"。火烧信是烧去信封的一角，向跑信的伙头表示，要特别注意，加急快递，火速送到。么帮信，外用数层油纸包封，避免雨水浸湿，信上并缚一小木片，万一不慎落入水中，不致沉没，还可以实现专人专递快速送达。

入川的移民和故土麻城的信息沟通或经济往来，均依靠陈洪义的麻乡约。记者在麻城采访时，就看到了移民博物馆中收藏有盖有蓝色椭圆形重庆麻乡约的货运凭单。

其后，发财致富积累了巨额资金的麻乡约开始投资房产和土地。他们在重庆有9处大宅院，在綦江南门有半条街的房子，在昆明、贵阳、遵义、泸州也有房产。

创办麻乡约整整半个世纪后，82岁的陈洪义在光绪末年（1902年）溘然长逝，生意由其继室"麻老太婆"主持。

"后来，清政府在四川各地设立邮局，参照麻乡约民信局的分局地址和路线开辟邮路，并招收部分有麻乡约经验的信夫为邮差，他们头上依然包着麻乡约的青丝帕，不过身穿的是政府发的绿色背心，背上有黄色的邮差二字。"何智亚介绍，除了政府开始强势介入邮政这一行业外，各地也开始兴建公路，长江航道上也有了民生公司等航运企业。

与此同时，大环境也逐渐恶化。川、滇、黔军阀割据，混战连年，麻乡约常被迫为军阀办军差，各种捐款频繁，麻乡约的负担又为同业之冠，因而元气大为损伤。

麻乡约的下坡路像刹不住的车，虽经拆分，亦无回天之力。

最后的麻乡约是由陈洪义的后代，分别在成都、重庆以"麻乡蓉"、"麻乡渝"两块招牌租与别人经营，坐收租金。但承租人不务正业，代客走私，事故迭出，业务每况愈下，起于1852年的麻乡约，最终的时间定格在了1949年。

回望风雨百年麻乡约，虽已湮没在故纸堆中，但翻开发黄的记载，仍然让人回味悠长。

何智亚评价百年麻乡约的意义时说，"麻乡

▲ 綦江东溪镇麻乡约民信局的后院现仍然有人居住（鞠芝勤　摄）

▲ 綦江东溪古镇天官殿上的图案（鞠芝勤　摄）

约的兴盛和影响，加强了移民原发地和移入地之间的联系，进一步深化了移民的家乡情结，使家在麻城孝感乡的概念进一步深入人心"。而这，亦是"湖广填四川"移民后裔当今"寻根"意义之所在。

（郎清湘　范永松）

石龙井庄园：庭院深深　深藏多少谜题

"湖广填四川"给巴渝大地留下的，不仅是一段段传奇和一缕缕思念，更有许多移民先祖和后代的智慧结晶——比如，一座座美轮美奂的庄园。涪陵区青羊镇的陈万宝庄园，便是其中之一。走进这座庄园，我们不仅体会到陈万宝对生活的品位和用心，更体会到湖广填川给移民们带来的巨大机遇。

走进青羊镇安镇村，便能看到一座气势恢宏的建筑矗立于青绿色的稻田间。这就是100多年前的清同治年间，当时的川东首富陈万宝修建的石龙井庄园。

陈万宝何许人也？据涪陵地方志记载，陈万宝，清代涪州安镇坝人，其祖上在"湖广填四川"时期由贵州入川，经商发家，成为当时川东最大的富豪。

今天，这座百年深宅大院依然留有诸多谜题。2014年6月16日，我们推开庄园厚重的侧门，探寻隐藏在旧时光里的秘密。

谜题一：讲究对称平衡，却为何不修大门？

据涪陵区青羊镇文体研究中心主任熊中圣介绍，石龙井庄园是陈万宝给二儿子陈荣达修建的，是一座穿斗式木结构、两重堂四合院带附院的建筑，占地11亩，有房屋120多间。当年，300多名工匠苦干12年才建成这座庄园，银子花了上万两。其中的气派风光可以想见。

今天，我们步入庄园，仍能感到石龙井的整体布局充分展示了对称平衡的特征。沿庄园的正厅到厅前石坝，再到石坝前面的戏楼呈一条中轴

▲ 涪陵区青羊镇石龙井庄园（谢智强　摄）

线，其他建筑都在这条中轴线上呈对称分布。站在庄园的任意一处地方，透过开启的门窗放眼眺望，一重重天井、一道道房门、一扇扇窗棂，重重叠叠、纵深排列，既体现了布局的对称性，又增加了视觉的层次感，让人情不自禁油然而生"庭院深深深几许"的感慨。

然而，就是这样一个处处讲究对称平衡的庄园，居然没有大门，仅仅是修建了两人宽的小侧门。这是为何？

"陈万宝被清朝廷授予朝议大夫的爵位，但民间传说陈万宝不是通过科举考取的功名，而是捐钱得来的，所以不能开正门，印证了'旁门左道'之说。"熊中圣介绍，"另外也有从风水角度说是引紫气东来之意。"

谜题二：青羊不产青砂条石，上万立方米石料从何而来？

走进庄园，墙基、天井、栏杆、院坝，全部是用青砂条石铺就。这些石头最大的有六七米长，二三米宽，重达10多吨。

院坝和天井的石栏上，雕刻着两两相对的石狮、石猴、石麒麟等吉祥

▲ 涪陵区青羊镇陈万宝庄园戏台雕刻(谢智强 摄)

动物,以及蟠桃、佛手、石榴等仙界珍果。

戏楼前200多平方米的中天井石坝,所用石料最长达6米,宽0.7米,历经140余年,仍平坦如初。

青羊镇本地并不产青砂条石,附近几十里也找不到如此规模的采石场。修建这座庄园耗费的石料多达上万立方米,它们来自哪里?

▲ 涪陵区青羊镇石龙井庄园内的天井与天井内的石雕荷花缸(谢智强 摄)

"这也是个谜,至今没有答案。"熊中圣介绍,庄园里的石护栏和石花凳等石雕,都是由整块巨石雕成,因为当地不产这样的石头,更不可能雕刻好了再运输。

谜题三:庄园内不见漏洞,外不见出口,却为何从不积水?

石龙井是典型的四合院布局,院子里看不见漏洞,院子外也看不见出口,但无论雨有多大,院内从不见积水,这是为何?

在庄园的中天井,只要仔细看就会发现,整个坝子的中间要略高于四周,之所以这样设计,是预防积水。往下走是台阶,正对戏台。台阶的两端约有40厘米长的石板,比较起来略低一点。

熊中圣介绍,这些都是精心设计的排水系统的重要组成部分。当石梯上、石坝上的雨水流下来时,均流向两边略低的石板,再流进两边的排水洞口。因此,不管多大的雨水,整个庄园都不会积水。但庄园外,见不到一个出水口,所有雨水流往何处,依然是个谜。

▲ 庄园内守门狮(鞠芝勤 摄)

除了这些谜题,石龙井庄园更让我们感到"湖广填四川"移民入川后获得的不仅仅有挑战,还有机遇——陈氏家族当年富甲涪陵,石龙井庄园附近还有13座庄园,均为陈氏所建。一个家族从贵州迁徙来渝,从务农到经商再到富豪,他们的命运无疑正是被"湖广填四川"所改变。石龙井庄园和他们的故事,也堪称是这场大移民运动中的传奇之一。

(周 芹 陈维灯 申晓佳)

寻访篇

江津真武场：
消失的记忆，消失的方言岛

真武场上，已经没有会说客家话的人了。

这个距离江津城东约30公里的小场镇，曾经是清初"湖广填四川"移民运动中，大批湖广、赣、闽、粤等省的客家人聚居重庆的落脚点，客家移民曾经占了当地总人口的九成，成为居民的主体。

这里曾经是荣极一时的水码头，最繁华的时候，码头上桅杆林立，千帆竞发；街巷里南腔北调，车马喧嚣；会馆内庭院深深，香烟袅袅……

只是几百年后，客家人的后代已经彻底融合成真正的巴渝人家。换句话说，真武场的"方言岛"，已经消失了。

最繁华时，90%人口是客家移民后裔

明末清初，四川历经数十年战乱、天灾和瘟疫，"人烟断绝凡十余年"。根据江津地方志记载，康熙六年（1667年），全县仅114户，1032人。

之后的"湖广填四川"，改变了江津。客家人携妻带子，纷至沓来，到綦江、长江两岸"插占为业"，垦殖定居，到清末，全县人口已达80万人。可以说，是客家人和当地土著人共同耕耘出了江津这方富庶之地。

真武场也正是在清朝初期开始兴旺的。古老的綦江和笋溪河在此交汇，流向下游约5公里后又与长江交汇，"有良田美池桑竹之属……"，自然吸引了迁徙中的大量客家人。

"我们做过考证，在真武场最繁华的时候，这里的人口，有90%都是客家移民的后裔。"对江津移民文化深有研究的江津区文广新局副局长庞国翔说，"鼎盛时候，这里会馆林立，有九宫十八庙。"

九宫十八庙，那是一种乡愁的寄托。背井离乡的悲怆和商贸农耕的需求，使得移民以原籍地缘和客家语言、习俗为纽带，筹资建立会馆来凝聚亲情乡情。

但是，那段盛极一时的客家文化，如今在真武场，已经难觅痕迹。

随着公路铁路的修通，这里早已失去了当年的繁荣和热闹。曾经辐射周边几十平方公里的水码头，如今已经蜷缩成一个只有0.5平方公里的老旧街场。三四条小巷，百来户人家，就是它的全部。

女菩萨保佑我们平平安安

尽管繁华已逝，但是真武场上的老建筑，依然在顽强地保存着历史的记忆。三座还算保存完好的客家会馆——南华宫（广东会馆）、天上宫（福

▲ 江津区支坪镇真武场客家会馆群（谢智强 摄）

建会馆)和万寿宫(江西会馆),成"品"字形伫立在这寂静的小镇上。四川客家研究中心和文物部门的资料显示,现在成渝两地仅存客家移民会馆20所,小小的真武场就占了3所,实在是令人惊奇。

3所会馆中,天上宫因为有了"联圣"钟云舫的遗墨而相对出名。

钟云舫,清代江津人,福建客家人移民后裔,因在楹联领域内的巨大成就被今人称为"联圣"。在如今天上宫的大门两侧,镌刻着他的墨宝——"崇封溯宋元以始,钟灵在闽蜀之间",横批为"天开福运"。

如今的天上宫,是真武场上唯一还有香火供奉的地方。但是步入其中,还是有点不伦不类的感觉。

福建会馆,供奉的是妈祖,那是东南沿海地区海洋文化的象征。在天上宫的大殿中,简陋的妈祖塑像依然居中,但是两边,却还有另外两尊菩萨——关公居左,观音居右。

6月初的早上,56岁的曹成德来到妈祖像前,点了三炷香,在蒲团上跪下,拜了又拜。

关于妈祖究竟是何方神圣,曹成德没有丝毫概念。"女菩萨嘛,我只求她保佑我们一家平平安安。"

▲ 江津区支坪镇真武场,真武客家会馆——南华宫(广东会馆)内,一位场镇居民正在逗孩子(谢智强 摄)

▲ 江津区支坪镇真武场,如今保存完好的古渡口,依然是场镇居民过河的唯一方式(谢智强 摄)

而就在曹成德上香的同时,同样56岁的马汝珍站在一旁,饶有兴致地看着这一切。但是面对记者的询问,她却坚定地说:"我是土生土长的本地人。"末了,她又摆了摆手,"啥子客家移民哦,没有听说过。"

在这一瞬间,客家先祖和真武场的联系,被彻底割裂。

"几乎没有人会说起当初移民的事情了。"庞国翔感慨地说,"'文革'的时候,这里的居民用石灰和三合土,把会馆的石刻、门匾抹起来,到了改革开放之后才敲开,让这些古迹重见天日。这是一种无意识的保护,他们压根也没有意识到这是在保护他们的根。"

轮回中的遗忘

遗忘是从何时开始的?没有人能说得清。

几百年间,客家移民的回忆在不断地流逝。如今,就连真武场上的老人们,比如86岁的谢成开,对于客家人的生活,都没有一点概念。

"从我的曾祖母那一代,就不会说客家话了。"对于客家话,老人思索了半天,他唯一的印象就是,小时候,他听到场上有把"婆婆"喊成"妈"的,"这可能就是客家话的特点吧。"

小的时候,谢成开还经常听到爷爷提起,他们的祖上,是从江西过来的客家人。他自己也对这段历史很感兴趣,在退休之后,还找到一本手写的族谱,仔细研究。

"看了又怎么样呢?现在的年轻人,对这个没有兴趣了。"有一次,谢成开想对自己的孙女"摆摆古",得到的回答却是"哎呀,莫影响我"。

如今,能维系谢成开和客家移民之间联系的,就是时断时续的谢氏家族聚会。去年清明,真武场附近的谢氏家族搞了一次聚会,坐了十几桌几十个人,谢成开去参加了。"大多数人我都不认识,但是坐在那里,我还是觉得很亲切。"

现在的真武场,有一种衰败中的冷清,一大早,茶馆里的麻将声就哗哗作响,老人们在这里吃茶打牌。年轻人呢?多在广东、福建等外地打工。几百年前,他们的祖先历经千辛万苦从沿海来到这里,如今,他们又顺着祖先的足迹返回祖地。他们中间,有多少人会唏嘘这其中的轮回?

魂兮归来望乡台

"方言岛"的消失,是历史的必然趋势。但是祖先们的魂魄长留此地,却不该被如此简单地遗忘。

真武场背靠的寒岭山上的望乡台下,正是客家先辈们安息的地方。望乡台,并非顾名思义登高眺望故乡的地方。在中国民俗中,它实则是带着佛道两教色彩的宗教场所。《百鬼夜宴》一书中说:"望乡台乃解众鬼思乡之苦之地也。"它是迁徙异乡的群体为死者修建的,让死者在夜间登高观望故乡、思念故土、思念阳间亲人的神秘庙宇。

清朝嘉庆年间,真武场在当地客家移民大姓马、古、袁、吴等的倡导下,在寒岭之上修筑了望乡台。若是谁家有亲人过世,就一律安葬在望乡台梯下的"坟山"上,好让死者的灵魂就近登上望乡台。如今,这座望乡台已经成为民居,但是除了殿内祀台、钟馗和阎王的神像被损毁外,其外部结构还保存完整。台门下面的陡坡斜土,就是一片坟茔。

"一步踏进鬼门关,二步走上黄泉路,三步进入望乡台,阳间亲人哭哀哉……",站在望乡台上,念起这样的谚语,庞国翔有些惆怅,"到了望乡台,回阳间的希望就渺茫了。"

迁徙到江津的多少代客家人的先辈,魂魄都归纳于此。故乡,对于他们来说,是一个熟悉而又陌生的字眼,只是,他们颠沛流离到了这里,再也没有能够回去。

"现在的年轻人,把根都忘了,把回家的路都忘记了。"对于客家传统在真武场上的散落,庞国翔痛心疾首。

"回去干嘛?为什么要回去?"住在真武场边尹家湾山中的周辉翔、周辉信俩堂兄弟,尽管手中还保留着一套22册的《周氏族谱》,但是他们也从来没有想过要回遥远的故乡看一看。

故乡,为什么要回去?面对这样的疑惑,我们无法解答。

(郑　昆)

土楼依旧在　客家遗风已难寻

出涪陵城，向西南方向沿山路疾驰一个小时后就进入了大顺乡。一进该乡，就犹如进入了一个土楼博物馆：道路两旁各式各样的土黄色客家土楼不断出现在眼前。

"大顺乡是西南地区最大的客家土楼聚集地。"涪陵区政协文史委原主任吴朝弟说。他自上世纪70年代就开始研究客家土楼建筑，是当地首屈一指的研究专家。

客家移民大多是在清康熙到乾隆年间由闽粤赣三地迁入，后裔约有300万，分布在巴蜀多地。

客家土楼豪宅多射击孔

大顺乡街头的末端，一座土黄色硕大的土楼被包围在林立的高楼中，格外另类。

土楼系富豪瞿九畴所建，紧邻乡场主要道路，前面是耕地，东面是一座竹林茂密的山坡，海拔高约750米。

瞿氏土楼原为一座大宅院，土楼居西。据考证，大院原为一处约3000平方米的四合院，进深35米左右。根据痕迹，完整的大院由八字形大朝门、大院坝、正房、东南穿斗房、西面土楼和土楼背面的4间土坯房组成。

内部为木结构的土楼边长25米，夯土墙高10米，厚1米，楼高3层，总面积达1400平方米，土楼四周各有一个碉楼，是典型的一宅四碉式结构。

踩着厚厚的木楼梯进入土楼，可见中轴线、天井、内廊、对称房间数

▲ 涪陵客家土楼居住的老人（鞠芝勤 摄）

间,内部木构架,三层楼房每一层都设有10个左右的枪眼、炮孔。记者逐个数了一下,射击孔一共23个,均用小木窗开关。

"涪陵客家土楼、碉楼,遵循着原乡基本营造精神。枪眼和炮孔多,主要是做防御之用。"吴朝弟说。

大顺乡是明清"湖广填四川"移民落脚地之一,重庆历史文化研究学者何智亚考察后认为,客家移民在此建造了成千上万的碉楼,几乎达到了凡建房屋必建碉楼的地步。

据普查统计,当地尚存的碉楼超过100座,乡间碉楼一般是一宅一碉或一宅二碉,瞿九畴的客家土楼同时拥有4座碉楼,并在传承客家原籍风格特色方面,成为大顺乡现存乡土建筑中最为典型的一个。

一座土楼便是一座军事堡垒

瞿氏土楼是原乡血缘最亲近的典型,是客家民俗结合社会背景的产物,源头是"湖广填四川"客家人初来巴蜀大地时,共恋乡情,照搬原乡居住模式修建而成。

如此豪华的土楼,瞿九畴并没有住多久,解放后被作为粮库使用。这座碉楼没有抵挡住岁月沧桑与风雨剥蚀,高耸的碉楼一处已经垮塌,曾经

的雄风化为满滩红土复归于田亩。

客家人是历史上中原望族的后裔，因为历史上历次战争动乱，放弃了中原的家园，逐渐迁移到东南闽粤赣三省交界地区。

客家人常年迁徙，为自保，保留了聚族而居的习俗。今天，我们常能在闽粤赣等地客家人聚居区见到各种土楼，实际上，这种建筑的作用对内是聚族而居，对外是高墙壁垒，通俗讲，一座土楼便是一座坚实的军事堡垒。

客家人追随"湖广填四川"大军入川，亦将这一建筑风格带了过来。川地高山连绵，耕作常于山间平坝。地理原因导致无法聚族而居。但这并没有影响到客家人的生活习惯，在建宅院时，他们仍选择了便于防御的坚固土楼。

如今，居住在瞿氏土楼的是七旬的胡长江夫妇。他们并不是瞿氏后裔，其祖上是瞿家轿夫。瞿九畴在大顺乡当地唯一的嫡系后裔，是住在敬老院内的孤寡老人瞿伯建。

78岁的瞿伯建说，家谱明确记载其祖上是自江西宁江府新与县石鸡

▲ 涪陵藏在深山的客家土楼（鞠芝勤　摄）

▲ 涪陵客家土楼底屋（鞠芝勤 摄）

窝竹杆村移民至四川，到他已是第十一代。"当时流行这个风格，跟客家的风俗到底有没有关系，我还真不清楚。"

移民后裔瞿伯建身上已无客家人的特征，甚至连生活习俗都与当地人别无二致，"都这么多代人了，没人会说客家话，我小时候也没听到长辈说过客家话"。

对于客家人的过去，他们已捕捉不到历史的痕迹，犹如听着别人的故事。

土楼承载客家移民厚重历史

客家的土楼和碉楼建筑，不仅仅存在于村野，在清朝时就迈向了城镇，唯一改变的是由独家设防变为集体设防。

距离瞿九畴土楼十余公里外的大顺村，是原大顺场所在地，"半条街"闻名于当地。

初建大顺场时，场镇四角各立有一个碉楼，以

▲ 涪陵客家土楼天井（鞠芝勤 摄）

▲ 涪陵大顺场的石板路（鞠芝勤　摄）

防御为主旨，呈倚山而建的封闭状态，形成以碉楼民居为核心的独具特色的碉楼民居乡场。

场市街道以两边屋檐廊向街心靠拢，街以檐廊为市，形成罕见的全封闭乡场廊街。上场口与下场口的两檐廊相交处建门廊相衔接，一旦有急事，将上下场口门关闭，护场乡丁据守在场的四角碉楼，通过碉楼与场内巷道檐廊的通达，组织有效的防御体系，可保全场居民无虞。

曾有"巴蜀第一场"美誉的大顺场，如今只剩下了半条街。

午后的半条街，已显得落寞，除了几个聊天的老人和一条黄狗外，再难觅到人影。

作为曾经的客家人集中居住地，现在已没人能说出自身与客家人的关联。

"农商主导下的客家文化，要快速地融入本地文化，势必要和本地的语言、行为等一致。我经过多年的田野调查发现，基本上没有人会说客家话，土楼是唯一能够确认客家人的载体。"吴朝弟说，现在涪陵全区共有108座客家土楼风格的建筑，都急需得到保护。

多位到大顺乡考察客家土楼建筑的学者建议，当地政府在适当时候迁出住户，对土楼进行修缮，尤其是可考虑将瞿九畴的土楼作为一座博物馆，以弥补填充土楼渐行渐远的历史。

（郎清湘　范永松）

寻访篇

荣昌县盘龙镇：喧嚣中的客家方言岛

"湖广填四川"带来的许多地域文化业已与重庆本土文化融合，但也有一些仍然顽强地保持原貌生存着。荣昌县盘龙镇就是一个这样的客家"方言岛"。在这镇上，不会讲客家话的人，都是"外人"。我们来到这里，探访方言中的客家文化。

"你们是外面来的人哈？一听说话就知道。"

刚到荣昌县盘龙镇镇政府旁，一位坐在路边休息的老人就发现了我

▲ 荣昌县盘龙镇的萧家祠堂（马多　摄）

们的陌生口音。

　　初到盘龙镇的人，往往会有一种身在异乡的感受。虽然地属大重庆范围，但这里的本地人讲的四川话语调更高，句子尾音往往上扬，听上去更像歌唱。

　　这种悠扬语调的来源，是一门古老的语言——客家话。它成型于南宋时期，分布在广东、福建、江西、台湾等地。讲这种语言的人，自然就是客家人。

　　据盘龙镇党委宣传委员周敏介绍，盘龙镇总人口近8万人，其中有4万余名客家人。也就是说，在盘龙镇上，每两个人中就有一个是客家人。盘龙镇是重庆地区现存最大的客家"方言岛"（即一定地域范围内，居民使用的方言与包围该地区的方言完全不同，使得该地域在语言交流上如同大海中的一个孤岛）。

　　而如今，这个有着300多年历史的方言岛，却也在四周的喧嚣中露出了一丝寂寞。

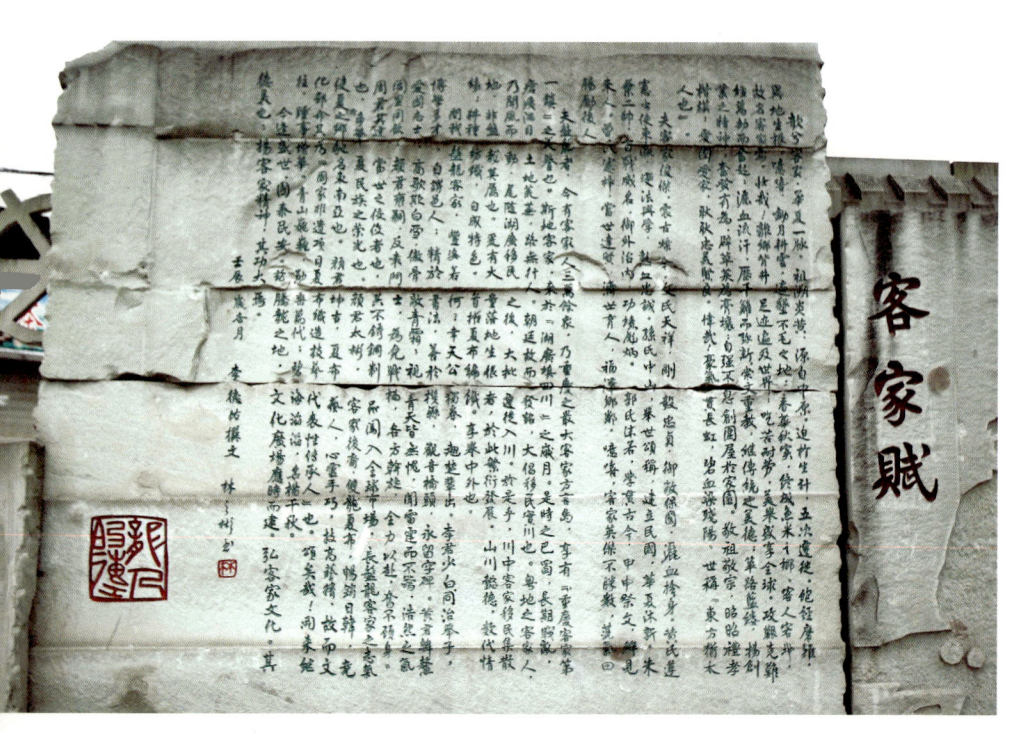

▲ 荣昌县盘龙镇客家广场旁的《客家赋》（马多　摄）

▲ 荣昌县盘龙镇一家夏布厂，一位客家妇女正在晾麻线（马多 摄）

三百年的记忆，都在话里

走在盘龙镇上，很难凭外表分辨出哪些是客家人，哪些是本地人——三百年时光，早已让这个小镇上的人融合、同化、彼此难分。但只要仔细倾听，总有一两句客家话飘到耳边——三两个人，或站或坐，讲着家长里短，话里话外都是一股亲热劲儿。

"客家人有句祖训：宁卖祖宗田，不丢祖宗言。客家方言里，包含着客家千百年的文化。"说到客家人与客家话，《盘龙镇志》主编、前盘龙镇书记李良燊的话匣子就再也关不上了。

他说，盘龙镇的客家方言主要有6个声调，平声、入声分阴阳，而去声和上声不分。语法上，有古汉语的传统。如将穿衣说成"着衫"，吃饭说成"食饭"，保留了"着"和"食"的古汉语意义。

盘龙镇的客家话听上去和广东话有些类似，李良燊说，他们可以通过客家话和广东人沟通，但个别词汇有区别。如"鸡蛋"，盘龙客家话读作"kaitan"，而广东话读作"kielon"。

在盘龙镇，客家人之间必讲客家话，他们觉得"这才是一家人的样子"。而对记者这样的"外来人"，他们讲普通话或者四川话。李良燊告诉记者,盘龙镇的四川话也受到了客家话的影响,最明显的表现就是有如唱歌的音调。

"三百多年前,随着'湖广填四川',广东、福建等地的客家人陆续来到盘龙镇。故乡的房屋、农具,无法带走,只有一口客家话,伴随客家人走四方。"在李良燊看来,客家话是客家人与遥远的故乡之间最深刻的羁绊。说起客家话,就是在一遍遍重温和故乡有关的记忆。

人还在,话不会说了

"客家话还听得懂,但是说不出来了。"凝视着屋瓦上飞过的两只燕子,盘龙镇肖家祠堂的主人肖新文有些惆怅。今年50岁的他是土生土长的盘龙人,2013年,他从成都回到盘龙镇,独资修建了肖家祠堂。这是盘龙镇上最大的祠堂,总面积近300平方米。

"盘龙镇的客家人是三百多年前'湖广填四川'时来的,我家也是。算起来,我已经是迁来以后的第十四代人了。"让肖新文遗憾的是,肖家族谱已散佚,而一同迁来的同姓先祖后代多数也失去了联系,这使得身在成都的他备感孤独。

▲ 荣昌县盘龙镇客家广场,描述客家移民历史的浮雕(马多 摄)

他最终选择了回到故乡,修建祠堂。"肖姓是盘龙客家人当中的小姓,但有了祠堂,过年过节,亲戚还有个回来的地方。"肖新文说,每年春节、清明,祠堂里都会聚集起近百名肖家人。当传统的红烛点起,雄鸡、草鱼、刀头(即形状方正的猪肉)等供品摆起,"心头就特别暖和,像回到了几百年前一样。"

但肖新文和家人见面,已经无法再用客家话交流。他们只能说着带客家口音的四川话,努力回味其中蕴含的熟悉的味道。

这样的情况,在盘龙镇变得越来越常见。盘龙镇大建社区居委会主任李家辉告诉记者,大建社区的居民绝大多数都是客家人,早年干部开会,在场的人都讲客家话,"听起来就像一屋人都在唱歌"。而现在,李家辉二十多岁的儿子已经不太愿意讲客家话了。

"他觉得太土,说客家话出了盘龙就没得人听。"李家辉有些无奈,"年轻人都喜欢出去打工,再回来的时候,客家话都有普通话口音了。"

李家辉说,现在学校授课都用普通话,电视上的节目也说普通话。客家话生存的环境正在变得越来越喧哗。而这种喧哗,很可能会夺走客家方言的生命力。"就怕再过几十年,客家人都还在,话却不会说了。"

(申晓佳)

一赵入川繁荣荣昌一镇

清初延续100多年的"湖广填四川"大移民运动中,荣昌作为连接川渝,地势平坦、气候温暖的富庶之地,很快成为重庆境内最大的移民集散地之一。

据72岁的荣昌移民与客家文化研究会会长黄石声老人介绍,在荣昌县城东北,有一座名叫路孔(今名万灵)的古镇,更是因为大移民的兴起而

▲ 荣昌县万灵镇老街(谢智强 摄)

▲ 荣昌县万灵镇老街（谢智强 摄）

一度兴旺。

素有"荣昌小山城"美誉

路孔古镇距县城13公里，幅员24平方公里，除小块平坝外，均属于起伏不大的丘陵地带。其西临蜿蜒流过的濑溪河水，东靠起伏的丘陵山峦，是一座以水兴市，以市兴镇的城堡式古镇。

整个集镇为开有四城门的城墙环抱，城内街市依山而建，层层叠叠，传统的建筑格局和纯朴的民俗风情独具特色，素有"荣昌小山城"的美誉。

如今走进古镇，发现历经世纪的风雨和战火的劫难，古镇的原貌虽然大多已成陈迹，但全镇内外，仍然留存下许多文化遗产，完全可以作为古镇历史的见证。

街镇上那古拙简朴的祠堂会馆建筑；镇前那特有的水乡码头；镇郊栩栩如生的千佛石窟；那古朴雅致的古寺古桥；岩间那盘根错节的古树；近郊那独具一格的民居大院和烈士故居；境内那东汉岩墓和明代的尚书坟茔；那被行人、牲畜踏出来的古道石阶深槽，那雕刻精美的石狮、石柱、石基；那流传久远的民间传说；还有那淳朴的民风民俗，无一不显示出路孔古镇昔日的辉煌和丰富的文化内涵。

黄石声老人介绍,因为"湖广填四川",大量外籍移民蜂拥而入,不但给路孔古镇带来新的人口,更带来各地的文化和众多的湖广会馆建筑。

他介绍,明末清初,荣昌地区跟四川一样,经历了长达近30年的战火,人口锐减。清朝廷采取"移民实川"的措施,动员湖广、贵州、江西等地人民来川落户。康熙、乾隆年间,也有人到路孔插占为业。这些外省移民,为了与同乡集会交流、维护乡友利益,集资修建会馆,称为"宫"或"庙",作为活动场所。

路孔古镇会馆为湖广同乡人集资兴建,会馆与神庙合一,会馆祭祀大禹王,故又名"禹王宫"。禹王宫创建于乾隆时期,正殿为悬山式木结构,宽阔高大,塑有禹王神像,两侧廊庑相连,上下两层,有走廊相通。中间为天井式青石铺面广场。正面开三门,正门上部为歇山式屋顶的戏台,面对广场、正殿。

至今,这座会馆大体上还保持着它的框架风貌。宽敞的大厅,高高的房柱,在当时也算是一座"宏伟"的建筑,显示了湖广移民的经济实力和乡友的凝聚力。路孔场上当时其他的公共建筑物,已难觅形迹,禹王宫可算是仅存的历史见证了。荣昌拟建的"移民文化博览园"也落户路孔,这无疑更有利于发掘当地的移民文化内涵。

第一大姓赵家做的六件大事

而在众多外省移民当中,一来自湖南的赵姓人家更是给路孔古镇带来巨大影响,帮助它繁荣了近百年的时光,并留下大量宝贵的历史文化遗迹。

据黄石声老人介绍,路孔的赵氏是在乾隆九年(1744年)时由湖南昭陵迁来的。其入川始祖赵万胜是北宋景祐年间进士,京师号称"铁面御史"的赵汴的第二十三代孙。乾隆九年(1744年),赵万胜夫妻率领7个儿子和1个儿媳妇,由湖南昭陵步行数千里,挑着箩筐跋山涉水,经历了千难万险,来到路孔插占为业开荒种地。

经过了几十年,赵家在路孔已是人丁兴旺。据说,以前外地人称路孔场为赵家场,是因为场上的居民大多姓赵。现在居住在万灵街上的居民仍有三分之一姓赵。在荣昌和相邻的大足的赵氏后代,加起来有七八千人。

这赵氏在路孔人丁兴旺、事业发达后,做了六件大事:

一是,赵万胜的第七子、嘉庆年间的举人、从三品奉政大夫赵代仲,于清嘉庆五年(1800年),为防御川东白莲教义军进入路孔,就在当时水码头的基础上,主持设计并建成了大荣寨。古寨城墙全长246米,高6~11米,石料厚度与宽度均为40~50厘米,长1米左右不等。共有四座城门,即恒生门、狮子门、日月门、太平门。其中,狮子门、日月门至今尚存,依然保持原貌,城门高5米,宽2.6米。城墙顶端设有墙垛,城墙上形成宽3~5米的通道。城墙上几百年的榕树依然枝叶繁茂。城墙被风雨剥蚀,显得斑痕累累。几处尚存的彩绘,更增苍凉的古趣。

二是,与此同时,赵代仲在主持大荣寨修建时,还精心设计了日月门古井。日月门的古井与其他的古井有所不同,它既是军事设施,又是战备设施。该古井上面覆盖着一块重1吨多的石板,古井深12.2米,呈瓮形,像坛子一样口小身大,内设暗道通寨前濑溪河河心,为永不枯竭之井。一旦遭遇兵祸匪患,即使城池被围困十天半月,古井也能解决城内人的饮水问题。

三是,在赵氏入川的第一个甲子年,即嘉庆八年(1803年),赵氏后裔

▲ 荣昌县万灵镇老街(谢智强 摄)

▲ 晨曦中的荣昌路孔古镇好似仙境（盛利 摄）

从四品中宪大夫、赵万胜三世孙、赵氏族长赵富仁，牵头在路孔场上修建了赵氏宗祠。

现如今，赵氏宗祠大部依然保存完好，位于街镇中央，新建于清光绪三十四年，是路孔大族赵家祭奠祖先、家族集会的场所。整个祠堂为木结构框架，卷棚式屋顶、抬梁式梁架，大方气派。上厅堂用石柱，下厅堂用四方木柱支架，抬梁上有建造题记。屋顶四角翘起，如鸟展翅，上有盘龙雕花，甚为美观。主体建筑的框架结构尚存三间。总建筑面积约400平方米，从其规模之大，就可推想出它往日的风韵。

祠堂里还供有赵氏祖先和入川先祖的灵位，只可惜由于各种原因已不存在。赵氏宗祠既是祭奠祖先、家族集会、赵氏子弟启蒙读书的场所，也是严肃家规的地方。

四是，为解决赵姓与外姓人的矛盾纠纷，赵富仁还在水寨建起了赵家茶馆。

五是，嘉庆八年（1803年）春三月，由会首赵富光、赵富兴等26人修建了赵家龙桥（也名赵家老桥）。该桥位于路孔场东南1华里处，即赵家老房子后面,系路孔七座拱(平)桥中的一座,是一座石质拱桥。桥的总跨度12米,桥高3米,拱内空度3.5米,桥长8米,宽2米。整个桥面平直,桥的中部塑有龙首龙尾,十分精美。

六是,嘉庆九年(1804年),为联络乡谊,以赵氏(赵富仁)为首的两湖移民,集资修建了同乡会馆——也就是前面提到的禹王宫。

大夫"别墅"见证赵家人才辈出

赵家最初入川时聚居在垭口。随着事业的发达,赵家在修建赵家宗祠后,又于嘉庆初年,在券拱桥河边,修建了赵家住宅,称为赵家老房子。

赵家老房子大门有楹联一副:

竹露松云滋培有自,江风山月取用无穷

横额是:

迓衡凝休

赵家老房子系清代中期的建筑物。

随着赵家人丁兴旺,赵氏又在路孔东1公里处,于同治年间修建了赵家新房子。赵家新房子即抗日文化战士柳乃夫(赵宗麟)烈士的故居。故居中柳乃夫的书房兼卧房、生活室、厨房、水缸至今仍然保存完好。

赵家新房子系清代晚期的建筑物。

赵家花房子,即大夫第,距离赵家新房子不远。建于光绪二十年(1894年),主人是赵富仁的四弟赵富身,为道光年间进士,翰林院编修,从三品。

大夫是清代一至五品文官的称谓,大夫第就是大夫在乡间修建的别墅。赵家花房子占地20余亩,从远处高坡上俯瞰,它是一座大型的四合院,然而进得门却发现它由内外两个四合院套组而成。院子的厅堂虽为歇山式屋顶,抬梁式梁架穿斗木结构,但布局精巧,造型独特,建筑古朴,做工精细,颇具匠心。

花房子内院与外院东西各有一条胡同(巷子)相隔,东厢房是公子少爷们读书活动的场所;西厢房则为小姐绣楼。最令人称绝的是内院西厢房那中西合璧的"西洋教堂式"建筑。它的外观像教堂,内部却是中式风格,其围墙采用的是典型的古代徽派建筑的马头墙(又称五屏风墙)。

据分析,清代晚期随着西方传教士的大量涌入,西洋建筑文化也随之

传了进来，花房子的主人可能信奉基督教。在花房子的大门、二门的石质门门框上，均刻有楹联一副。

大门的联语曰：

　　　　忠孝传家朱门衍庆，诗书裕后紫诰凝麻

横额是：

　　　　龙章宠锡

二门上的联语曰：

　　　　甘露卿云于斯为瑞，珠辉玉照盖代之华

横额是：

　　　　琴鹤清风

两副联语蕴涵了主人的显赫与家训。

花房子最令人感到弥足珍贵的是一些房屋构件,那雕花的柱头,雕花的窗户;那彩绘的房梁,那镂空的屋檐撑弓和构件上雕刻出来的栩栩如生的人物与动物,还有那承载柱头的石墩,抱鼓式、佛手式、莲花式、六棱形、八棱形,应有尽有;石墩上文饰人物、花卉、动物、云彩等深浅浮雕,极具观赏性。

花房子的选址也特别讲究风水,它建于两座山峦相连处的凹形内,据说这是风水先生们十分推崇的"两山夹一屋"。花房子门前是上千亩地的大平坝,再前有万灵山龙身弯曲相护,左有濑溪河环绕,右前有条小溪流入。原国家科委副主任赵宗燠,就出于此门。

让赵家人感到自豪的,也是让十里八乡羡慕不已的是赵家人才辈出。从赵氏宗祠走出来的,单解放后就有县处级和国内外专家学者、高级知识分子70多位。

（范永松　郎清湘）

见证移民文化
重庆尚存69处移民会馆

在清代移民社会形成之后,移民们将祖籍地的神明崇拜带入四川,于是,移民会馆如同雨后春笋般,出现在巴渝大地的大小场镇上,成为了各移民宗族"迎神麻、联嘉会、襄义举、笃乡情"的重要平台。

一时之间,诸如湖广移民之禹王宫、广东移民之南华宫、江西移民之万寿宫、福建移民之天上宫、陕西移民之西秦会馆、黄州人(以麻城人为主)之帝主宫等,形态各异,各具特色,成为当时川渝移民社会多元文化的丰富展示。

到了今天,这些盛极一时的移民会馆,在重庆还剩下多少?它们的情况又怎么样呢?

重庆现存移民会馆69处,分布在26个区县

在重庆历史上,先后有会馆近千座,在经历战乱、人为和自然的损毁后,至今仍有大量尚存。

第三次全国文物普查数据显示,结合重庆湖广会馆管理处"重庆会馆志"编写组的田野调查,重庆现存移民同乡会馆69处,保存完好和保存尚好的42处,保存较差的27处。经实地踏勘,其中湖广会馆22处,江西会馆13处、四川会馆16处、福建会馆3处、广东会馆6处、山西会馆4处、陕西会馆5处,分别分布在渝中区、江北区、巴南区、渝北区、江津区、綦江县、铜梁县、酉阳县等26个区县(自治县)。

▲ 渝中区湖广会馆(黄宇 摄)

可容纳万人聚会的会馆已毁失殆尽

在重庆渝中区的重庆老城,即渝中半岛原朝天门、翠微门、东水门、人和门、储奇门、金紫门的沿长江一带,自清以来,分别建有陕西会馆、福建会馆、江西会馆、湖广会馆、广东公所、齐安公所、江南会馆、山西会馆、浙江会馆和云贵公所等10个会馆、公所(俗称"八省会馆"),是古代重庆会馆、公所建筑规模最大最集中的地方。

不过,有几座会馆先后因重庆城市基本建设以及抗战中被日机轰炸和火灾等原因已经毁失殆尽。如江西会馆、江南会馆建造规模都很大,里面可容万人以上,未能留存,非常可惜。

渝中区湖广会馆是我国现存最大的古会馆建筑群

在尚存的69处移民会馆中,湖广会馆的数量最多,同时,也是知名度最大的。其中,渝中区的湖广会馆,在修复之后,已经成为了重庆历史文化遗产中一张靓丽的名片。

修复之后的湖广会馆,每天游人如织。但是事实上,它应该叫湖广会馆建筑群,由湖广会馆、齐安公所和广东公所三部分构成。如今我们看到的整个古建筑群雕梁画栋,是中国明清时期南方建筑艺术的代表,也是中国现存规模最大的古会馆建筑群。据了解,300年前的湖广会馆在每年正月十四都要举办禹王庙会,祭奠禹王,祈求来年风调雨顺、国泰民安。

禹王宫大殿后面依山而上就是齐安公所和广东公所。齐安公所即为帝主宫,也称黄州会馆,由黄安、黄冈、麻城三县人士筹资兴建。因唐代湖北黄州一带曾设置过齐安郡,所以命名为齐安公所。广东公所又名南华宫,由广东移民捐资兴建。

重庆现存年代最久的会馆在巴南木洞

位于巴南区木洞镇中坝村的万寿宫,始建于明天顺三年(1459年),是重庆现存年代最久远的会馆。

木洞万寿宫建筑用材巨大,雕饰精美,建造考究,是重庆地区保存不多的明代建筑。

但因年久失修,木洞万寿宫现在仅存下殿及厢房,十分可惜。

此外,在石柱县西沱镇,也存有明末四川人修建的万天宫正殿。

罕见的客家会馆遗址群聚集江津真武场

位于江津支坪镇真武场的客家移民会馆群,包括南华宫、天上宫、万寿宫等三处遗址。目前,遗址上均有居民居住,保存完好,是国内罕见的客家会馆遗址群。

南华宫即广东会馆,建于清初。据当地居民回忆,南华宫大门外原来还有石砌牌坊,雕刻精美,但今已不复存在。

天上宫即福建会馆,建于清光绪二年(1876年)。福建会馆供奉天后娘娘,又叫妈祖庙。福建会馆的正殿曾作为供销社肥料库房使用,墙上还存有腐蚀的痕迹。

万寿宫即江西会馆,建于清光绪三十年(1904年)。真武场万寿宫,是江西籍盐商为了打开由自贡到贵州的盐业销路而修建的转运站。

▲ 荣昌县万灵古镇湖广会馆（鞠芝勤 摄）

酉酬禹王宫的建筑形制最独特

酉酬禹王宫位于酉阳县酉酬镇，兴建于清乾隆五十四年（1789年），其建筑的特别之处在于正殿前有一抱厅，为亭式建筑，上有卷棚与正殿相连。这一建筑形制在重庆地区会馆建筑中显得异常独特。

（郑 昆）

看丰盛百年碉楼如何抵御匪患

巴南区东北角,丰盛古镇盘踞一方。

始建于宋朝的丰盛,古称封门,距今已有千年。但地处巴南、涪陵、南川三地要塞之处的丰盛,一脚踏三地,至今依然有"一夫当关,万夫莫开"的气势。

回字街、中轴线、四场口构筑了丰盛镇的空间特点。石板街蜿蜒曲

▲ 巴南区丰盛镇,空中鸟瞰被誉为"长江第一旱码头"的丰盛古镇(苑铁力 刘成伟 摄)

折,昔日商铺林立。资料显示,这里曾经"临街铺面买卖忙,屋后栈房打拥堂",是一个兴盛繁荣的集贸中心。街上青砖黛瓦、榫卯木结构、雕花木窗的明清建筑比比皆是。古镇虽然有上千年历史,但最显著的文化特征是移民文化。而这样的文化特征又集中体现在古镇矗立百年的碉楼上。

2014年6月,明媚的阳光洒在丰盛古朴的街上,被当地人称为"土楼"的碉楼,掩藏在古旧民居中。那高大的身躯,犹如人眼般的观察孔和射击孔,以及四壁上密布的弹痕,似乎时刻都在提醒着人们:丰盛这个古时大商贾聚集之地,自然也是土匪劫掠的重灾区!

碉楼建在一条中轴线上　是为了纵深防御?

古时,无论从南川,或是涪陵进入重庆,丰盛都是必经之地,而进入丰盛则必须经过上垭口,这是丰盛的门户。换言之,土匪劫掠丰盛,上垭口同样是关键所在。

"所以,上垭口碉楼是重中之重。这座碉楼建于明清时期,具体修建日期和建造者已经无从考证,但无疑它是丰盛抵御土匪入侵的第一道防线。"丰盛镇文化服务中心主任李宗伦是土生土长的丰盛人,对丰盛的历史文化有着较深的研究,"丰盛古镇的布局呈回字形,以上垭口碉楼为首,古镇上的五座碉楼均位于古镇的中轴线上。"

从上垭口往下,五座碉楼依次为:下垭口碉楼、十字街碉楼和文书院街的两座碉楼,这五座碉楼依次排列,形成了一个碉楼群。

修成这样,难道是为了对土匪的劫掠形成纵深防御?

"如果五座碉楼为一人或同一时期所建,就应该是为了防范土匪。"李宗伦对"纵深防御"的观点并不认同,"我们考证,五座碉楼修建的年代并不一致,最早的为明末清初,最晚的在民国初年,自然也不会是同一个人或同一家族所修建,不可能形成统一的防御体系。"

那么,五座碉楼究竟是何原因,全都修建在古镇中轴线上?

记者在现场看到,丰盛古镇上,不仅五座碉楼位于中轴线上,镇上的禹王宫、万寿宫、万天宫、文宫、女王庙、过街楼庙、一品殿等寺庙建筑或遗址均位于中轴线上。

"我们认为,古人修建碉楼的目的虽然是为了抵御土匪,但将碉楼全部修建在古镇的中轴线上,更多的可能是出于对风水布局的考虑,这应该也是受'湖广填四川'所带来的文化影响。"不过,李宗伦也表示,"风水"的说法,目前也只是一种猜测,也有些牵强。五座碉楼均位于中轴线的谜题,或许只有留待专家考证了。

对称"耳楼"均为木制　就不怕引火烧身?

在丰盛,目前存世的所有碉楼都有一个共同的特点,就是在碉楼楼顶附近的对角上各有一个对称的木制"耳楼",这种"耳楼"的设计在重庆其他地区的碉楼上尚未发现。

记者在现场看到,这些"耳楼"均为"L"形,以直径20厘米左右的原木作为底部和基础支撑,以薄木板搭建成一个可容纳一到两人的空间,类似一个小阁楼,有门洞与碉楼内部相连。从远处看就像碉楼长出了耳朵,当地人因此称之为"耳楼"。

"我们推测,'耳楼'的作用可能就类似于岗哨,是为了让碉楼内的人更好地观察敌情。"李宗伦分析,尽管碉楼都修有观察孔,但观察孔的视野毕竟有限,只能观察到碉楼外的部分情况,而在"耳楼"上,哨兵的视线会

▲ 巴南区丰盛镇上的老秤匠人(鞠芝勤　摄)

▲ 丰盛古镇豆花香（鞠芝勤 摄）

开阔很多，可看到碉楼至少两个侧面的全部情况，能够发现更远处的敌情。

"耳楼"方便观察敌情，但"耳楼"暴露在外，本身又是木制的，一旦敌人使用火器，"耳楼"岂不是最容易成为敌人"火箭"攻击的重点，一旦"耳楼"着火，难道不会殃及碉楼内部？要知道，碉楼尽管高度都在十米以上，但依然在"火箭"的攻击范围内，而且碉楼除了四壁是用不易着火的泥土夯实而成之外，内部结构全都是由易燃的木头搭建。

"'耳楼'都是有门的。"李宗伦指着高处的"耳楼"解释，哨兵发现敌情后，首先是向碉楼内报警。在敌兵靠近后，哨兵都会通过"耳楼"与碉楼相连的小门返回碉楼内，同时关闭小门，"这些小门一般都是铁制的，不易燃烧"，即使敌人用"火箭"将"耳楼"引燃，由于有铁门的阻隔，顶多也就是把"耳楼"烧毁，火势不会蔓延到碉楼内部，"这就确保了碉楼内人员的安全"。

"丰盛碉楼的诸多特点，其实都有湖北、安徽等地的建筑特色，这也体现在丰盛普通民居的建筑风格上。"李宗伦介绍，丰盛民居里的院子小而且阴暗潮湿，不同于北方的四合院，它是徽派建筑特有的天井。天井大约10平米，四周高墙围着小天井，"井"的味道凸显。其檐额、堂额、门窗等，

木雕饰以戏文故事、鱼虫鸟兽，具有典型的徽派风格，虽历经百年的风霜雨露，仍然清晰可见，古朴之风韵十足。踏入院内，清幽之感油然而生。

▲ 丰盛古镇茶馆老人（鞠芝勤 摄）

这样的天井，在炎热的夏日，高墙遮住了直射的阳光，还顺便把热浪挡在墙外；四周内斜的屋顶，显示了一把雨水不流外人田的智慧，也捎带着保持了天井内的湿润，不经意间还能在夏天使这份湿润转换成可人的清凉；墙高井窄，并非刻意的烟囱状，形成由里往外拔的自然吸力，加速屋内空气向外对流，有如天然的空调，供人享受穿堂风的凉爽。据说徽派建筑的这种个性十足的透气功能还被视为徽派养生秘诀，是徽州人长寿的秘诀之一。

当年，"湖广填四川"的先民们不仅将曾是异乡的丰盛变成了子孙们的故乡，也让自己的文化特征通过各种方式，在这异乡的土地上生根发芽。

使用泥土建造碉楼　如何抵御枪炮攻击？

丰盛碉楼，在冷兵器时代很好地发挥了抵御进攻、保家护院的功能，但在洋枪火炮横行的近代，这些用泥土建造的碉楼，又如何能抵御子弹炸药的攻击？泥土建的碉楼，又如何能存世百年？

作为丰盛古镇抵御进攻的第一道防线，上垭口碉楼无疑是受到攻击最多的一座碉楼，在它的四面土墙上，如今仍能清晰地看到密布着大大小小的弹孔。奇怪的是，这些弹孔最深的也不过五厘米左右。相对于厚度超过50厘米的土墙，这样的打击实在微不足道。

与其他地方的碉楼多用石材垒成不同，丰盛为什么要用泥土建碉楼？

"用土来建碉楼肯定最省事。黄土到处都有，开挖和搬运都简单，成本低,不像用石头,费时又费力。"李宗伦解释,丰盛地处今天重庆东南丘陵地带,最不缺的资源就是黄土,但究竟是什么样的黄土,才能将碉楼建得如此坚固?

"其实,黄土就是普通的黄土,只不过在建造的时候混合了糯米和石灰。"李宗伦道出了土碉楼坚不可摧的原因。黄土、糯米和石灰的混合物,古称"三合土",历经上百年不会变质,曾经还有人做过一个实验,得出的结论竟是"三合土"干化后比水泥还坚硬!这就不难解释,为何这些"土碉楼"不仅能够抵御洋枪火炮,还能存世超过百年了!

在碉楼的正上方,还饰有独特纹饰"吞"。它豹眼怒视,龇牙咧嘴,犬齿突出,是能吞邪镇恶,保护家庭平安的神兽。据李宗伦介绍,这样的纹饰特征,同样是"湖广填四川"留下的印记。

(陈维灯)

由"解手"说起
——重庆日常生活中的移民文化

几百年前的"湖广填四川",是一次空前的大移民,同时带来了文化的大交流、民风民俗的大融合。不同地区的语言、饮食、建筑和风俗习惯被移民们带到四川、重庆,逐渐与本土传统文化融为一体。

那么,到现在为止,当初那场轰轰烈烈移民运动,在我们的生活中留下了怎样的印记呢?略为梳理一下,我们会发现,这些移民文化,实际上已经成为我们生活中最普通不过的一部分,水乳相融,难以割离。

四川话——由于明代移民主要以湖广籍为主,而清代移民湖广籍的比例也最大,所以最终形成了现在我们的以湖广音为基础的现代四川话,

▲ 巫山县铜鼓镇老街,一名头上包着白帕子的老人正在与人交谈(谢智强 摄)

但是也吸收了很多外来词汇。我们常说的"崽儿、妹崽、老革革"原是湖南话,"抄手"是长沙话,有些地方说的"包面"是江西话、安徽话,"经佑、过场"则是江南吴语。

现在我们说的"解手"一词,算是"湖广填四川"中留下的具有代表性的传说之一。老一辈人现在摆龙门阵的时候,都会说,我们的祖先

▲ 巫山县铜鼓镇老街上的老人（谢智强　摄）

是清朝"湖广填四川"时被捆绑而来的,将双手反剪在背上,千里押解,就像充军一样,如遇内急,须解开索子才得方便。

其实,据专家研究,"解手"一词产生于明代初期在四川和全国多个省份的强制移民,而清代初期更大规模的"湖广填四川"移民运动,移民积极踊跃,多属于自发性行为,已不存在强制的问题。

美食——研究表明,唐宋时期的四川饮食风味以麻和甜为主。至于辣椒,在明代末年才传入中国,然后随着移民进入四川。今天川菜麻辣香鲜的风味不过是近200多年在"湖广填四川"的基础上形成的。湖广籍移民长于"红烧"和北方移民长于"火爆"的烹饪方式传入四川,今天的四川才有了红烧肉、宫保鸡丁等菜肴。现代川菜中的麻婆豆腐、水煮牛肉、回锅肉等主要都出现在清代中后期,这主要是自各省移民进入后将各地烹饪方式融为一体的结果。而最著名的重庆火锅,其历史也不超过两百年,移民同样是创造重庆火锅的主体。

美酒——四川的酿酒业,许多都与清代外省移民有关,尤其是大多与长于发酵技术的陕西、山西籍移民有关。如泸州大曲是顺治年间从陕西略阳人那里学习技术后所创;五粮液为清代初年所创,有的学者认为可能

是陕西籍商人所创；茅台酒为山陕商人所创，而郎酒主要是受茅台酒工艺的影响。可以说，川酒今天的辉煌是"湖广填四川"移民运动的杰作。

美女——当初大量移民进川，汉族、土家族、壮族、回族等定居川渝地区后，在语言、服饰、生活习惯等方面"互动"，与当地人民通婚，形成新的民族大家庭。川渝人才辈出，盛产美女，与这段历史有很大联系。

手工业——移民的大量进入，使得四川地区的手工业发展很快，如曾经在万州、云阳繁荣一时的井盐业，是由当时的移民带来了先进技术不断发展起来的。至今在全国享有盛誉的荣昌"夏布"，则是随清初湖广移民带来种麻（苎麻）、织布技术，与当地织造相融合，至康熙后期才形成商品生产的。

川剧——康、雍、乾年间，因陕、晋、湘、鄂、苏、浙等省的移民在四川各地的会馆中常演出本省戏曲，江苏的昆腔、陕西的秦腔、江西的高腔……，民间的"灯戏"也融入进来，构成了川剧的昆、高、胡、弹、灯5种声腔。后

▲ 巫山县铜鼓镇老街一景（谢智强　摄）

来，川剧逐步走向5种声腔同台演出，形成了风格统一的"川戏"，后改称"川剧"。

农业——明代末年传入中国的玉米、红薯、洋芋、烟草、辣椒，基本上是随着"湖广填四川"的移民运动传入四川和重庆的，乾隆嘉庆以来，四川地区的丘陵山地垦殖运动是伴随着这些农作物的广泛传播而进行的。如今，这些农作物已经成为我们日常生活中不能缺少的食物。

建筑——建筑文化的融合，可以说是移民运动对川渝两地影响最为显著的。巴渝本土建筑较为简单、朴质、随意，明清两代的两次大移民，带来了丰富多彩的建筑形式，几百年的交流融合，奠定了重庆建筑风格的根基。如今我们看到的修复之后的湖广会馆建筑群，就是各地建筑文化在重庆实现大融合的代表之作。

（郑 昆）

▲ 巫山县铜鼓镇老街，有百年历史的清朝老屋（谢智强 摄）

寻根篇

寻根麻城的悲喜交加

叶落总要归根。麻城市地方志办公室人士介绍,随着近10年来社会经济条件的大为改善,麻城交通的便利,网络信息的发达,在民间,许多来自川渝两地、自发背着家谱赶赴麻城"寻根"的湖广移民后裔几乎连绵不断,每年的数量估计有上千人,而且在逐年增长。"他们渴望精神上的慰藉和归宿——完成认祖归宗的梦想。"

为方便"寻根者"更便捷地找到同宗的族人和祖先,麻城市地方志办公室专门出台了"寻根"指南,给予官方的指导。

据介绍,"寻根者"除了需要携带家谱等方便寻找的材料外,还可以事前打电话向地方志办公室求助要求提供方便,先问清情况后再赶来,可以少跑冤枉路;"寻根者"也可以求助当地的民政局查询,或者到公安局去查询同一姓氏的人口,以方便核对。

麻城市不大的城区里,在外迁移民祖辈相传的高岸河、洗脚河等地方,当地政府已经竖立了文物保护纪念碑,方便"寻根"的人们实地查看纪念;众多的餐馆老板或者宾馆服务员只要看到街面上有上年纪的外地口音客人问路,他们的脑海里都会条件反射般地弹出几个字:"寻根者"。

在麻城,天南海北的"寻根者"络绎不绝,前来"寻根"的人也千差万别,追寻的结果也不尽相同,充满悲欢离合,其中就不乏来自重庆的"寻根者"。

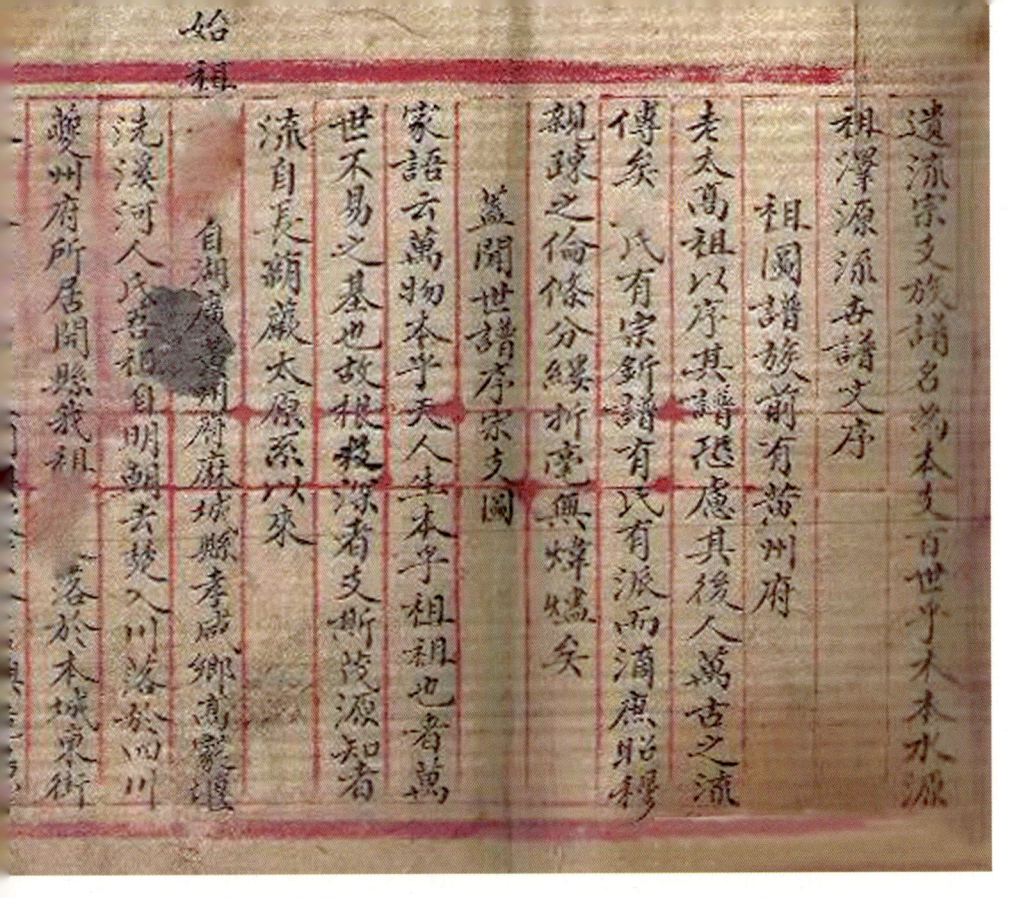

▲ 开县王氏家谱

故事一：不远千里了愿的八旬老人：就算碰运气也要来"寻根"

2014年5月24日，麻城市鼓楼街道沈家庄村的村主任刘明西接待了两位来自重庆的"寻根"父女。其中父亲已经80高龄，名叫冷正权，由女儿冷朝翠陪同，从重庆梁平县新盛镇曹家沟老家，转乘火车赶来。

让刘明西惊奇的是，这对父女不远千里前来"寻根"，却没有携带"寻根"最重要的证据——家谱，让这位农民"寻根"专家也犯了难。

老人的女儿冷朝翠介绍，他们前来"寻根"完全是为了了父亲的一个心愿。父亲退休后，一直念念不忘祖先口口相传下来的老话："祖上来自麻城县孝感乡洗脚河"，希望在有生之年认祖归宗。

由于迁出年代久远，加上当年的冷氏家谱丢失，老人唯一记得的，只有当年祖辈传下来的从麻城迁出的一世祖名字为冷如珠，以及现今的家族字辈。

▲ 麻城孝感乡移民后裔寻根问祖联络处（鞠芝勤　摄）

"我们从麻城迁移出来后，在达州和重庆已经相传20代。由于只有这些记忆，我们希望能到麻城来碰碰运气，说不准可以找到同宗的族人。"

父女俩坐了一天的火车到了麻城，然后在城里坐着出租车转了半天，被当地好心居民送到了刘明西家里。刘明西让两人在家里吃了饭，就地休息，而他则四处外出打听，发现麻城姓冷的人很少，最后通过查询当地民政系统，终于在当地宋埠镇上找到一个冷姓族人聚集的村子，村子里如今共有56名冷姓族人。

得知消息，父女两人兴奋地直奔这个村子。听说是来自数千公里外的冷氏族人，父女俩受到了当地冷氏村民的热情接待。

而通过查阅当地冷氏族谱，虽然没有找到冷如珠的名字，没有对上家谱，但当地村民却发现在明朝后期，确实有如字辈的分支冷氏人因为避乱迁往四川。

"虽然我们没有对上族谱，但根据迁出时间和辈分推断，我们重庆和麻城的冷氏族人应该是同一个祖先。"冷朝翠说，相处四天后，大家亲如一家。她和父亲两人最终高高兴兴地离开麻城返回了重庆。

2015年，这个村里最年长、辈分最高的一位冷氏族人将举办90大寿宴，两人已经决定一定会再次赶赴麻城参加，"因为这里有我们的族人"，父女两人同声说道。

故事二：初到麻城磕头下跪的"寻根者"："寻根"成功被麻城特邀参加祭祖大典

与冷氏父女相比，来自重庆开县王氏家族的"寻根者"无疑是幸运的。

45岁的王剑平是重庆开县人，在当地开了一家小广告公司。王剑平说，他的爷爷至今健在，已经90高龄。作为爷爷最信任的孙子，年迈的爷爷从小时候就开始在他耳边念叨："我们是麻城人，我们的祖先来自麻城县孝感乡高家堰洗溪河"，是在明朝万历年间迁移到了四川重庆。

而老人的最大心愿就是，希望回到祖先迁移走的地方，寻找同根同源的族人，找到自己的祖宗。

2011年，为了了却爷爷的心愿，王剑平开始努力研究家族的家谱，并准备出发前往麻城"寻根"。

王剑平说，根据家谱，他看到的是一段苦难的不堪回首的家族史。因为麻城地少人多，家族祖先无奈想到去西蜀谋生——当时的四川由于长期战乱、瘟疫横行，导致人口严重不足，所以明朝采取了优惠政策，只要愿意去西蜀，就发给路费及一些生活费。

明朝天启五年（1625年），在这种优惠政策的吸引下，王家先祖携家人在孝感乡领取了公文及入川补贴，于举水河登上入川的小船，到新洲换乘大船至武汉，再经宜昌—秭归—巴东—巫山—夔府（现奉节），在奉节换取通关文书后步行到云阳，最后到开县（当时开县属四川夔州府管辖）生根。

▲ 寻亲者王剑平在麻城留影

到开县落脚不久,1641年,明朝督师辅臣杨嗣昌采用十面罗网之法将大西王张献忠军全部逼入川东。正月23日,杨嗣昌派正总猛如虎率1万余人,兵备道马乾、参将刘世杰、游击郭开也率1万余人,合追张献忠于黑谭镇(就是现在的谭家、厚坝一带)。

大西军边战边退,在经过开县去黄陵城时,将开县的粮食抢了个精光,临走还将王氏先祖刚到开县建好的房子也烧了,幸运的是先祖们早就跑了。

张献忠虽在黄陵城凭借险要地势打败了明军,使猛如虎的两个儿子先捷、中捷自刎,猛如虎也只身逃回开县城,但最终他仍为清兵所败。

1798年4月28日,白莲教首领王聪儿、姚之富率领义军突破清军封锁,经白河、浔阳西进来到开县,与清兵激战。战乱中,先祖房屋又被毁,粮食也被搜刮一空,还好先祖们逃得快,躲到黄陵城、三元寨去了。

2011年7月13日,背负着沉重的家族历史,携带着祖传的家谱和当地5000名王氏族人的重托,带着爷爷殷切的希望,王剑平和父亲及一名堂弟3人乘坐火车,赶赴到遥远而陌生的麻城"寻根"。

深夜,3人在麻城火车站下了火车,在昏暗的灯光中看到了"麻城"两个魂牵梦绕的大字,3人不禁激动万分,3个大男人不由自主地跪在了广场前,眼含泪水高喊了一声:"麻城,我们回来了。"

记者看到,王剑平携带的王氏家谱上写明:"师祖王正棠乃湖广黄州府麻城县孝感乡高家堰洗溪河人氏,自明朝去楚入川,落于四川夔州府所居开县。"

在麻城,三人"寻根"毫无头绪,于是求助当地市政府,在当地地方志办公室的帮助下,3人查阅了当地的王氏族谱,最后找到了当地一名退休的政协委员王树良。在他的帮助下,3人几经努力终于查到,在当地的四支王氏分支中,根据重庆开县氏族的姓氏和迁川年代,大致估计重庆开县支王氏应该是当地三槐堂的分支。

三人在王树良带领下,来到了当地族谱上记载的洗溪河,即现在的五脑山风景区虎行地村洗脚河。在当地,听说远自重庆的王氏族人前来"寻根",当地村民放起鞭炮,夹道欢迎。3人祭拜了当地三槐堂王氏明代的二始祖,当地的王氏也同意将开县支王氏归宗。

整个"寻根"过程被3人拍摄下来做成光盘，带回老家。当90高龄的爷爷终于看到魂牵祖辈数百年的祖宗之地时，也不禁激动万分。

当两支王氏家族终于跨越数百年重新走到一起时，两个相距1000多公里的家族也开始频繁走动。第二年，开县的王氏族人赶到麻城，大办宴席10多桌，请当地王氏族人团聚。而麻城王氏也派出代表，到开县修谱认亲。

"到现在，我们两族人已经每年都有走动，我们远在开县的族人也终于可以欣慰地说，我们回到了老家。"王剑平说。

2014年10月1日，麻城举行了祭祖大典，应麻城市委市政府的邀请，王剑平作为"寻根"代表参加了大会。于是，王剑平自驾沿着先祖的足迹再次回到梦中的故乡。在路上，他兴奋地朝窗外大叫："麻城，我的故乡，我又回来了。"

（范永松）

民间修谱人

拿起锄头能种地,放下锄头能修谱。

在湖北麻城,许多上了岁数的老人除了偶尔种地、带孙子、打纸牌,另一个重要的活动就是修家谱。

麻城沈家庄没有沈姓人,熊姓最多

72岁的熊宗枝家住麻城市鼓楼街道沈家庄村,他每天除了种地,闲暇就是一个民间修谱人,为全村绝大多数的熊家人修谱,以备全国各地前来"寻根"的同族人比对认亲。

当地虽然名为沈家庄,但实际上全村没有一个沈姓村民,最多的姓是熊姓。熊宗枝解释,这与元末明初的江南首富沈万三有关。

传说当年沈家的幺姑娘嫁给麻城七里岗的熊朝武,沈家于是买下这里做了嫁妆,命名为沈家庄。至今麻城还留下形容沈家幺姑娘娇气的歇后语,如"沈家庄的幺姑娘——过个天井晒起了泡"。

在麻城,熊氏作为当年楚国的国姓,是名列前十名的望族大姓,总人口超过5万人。熊宗枝因为辈分和年龄,被推选为当地熊氏家族的族长,负责祭拜祖宗,整理家谱。

虽然眼睛不好,老人还得不时在妻子的帮助下抄写家谱资料。因为他年事已高,去全国各地"出差"查找联络失散族人的任务就落到比他年轻8岁的副族长熊光海身上。

"你们重庆我已经去了多次,现在巫山奉节涪陵一带的熊氏家族都来麻城认了亲,双方正在续谱,准备编写全国熊氏通谱,目前走动频繁。"熊

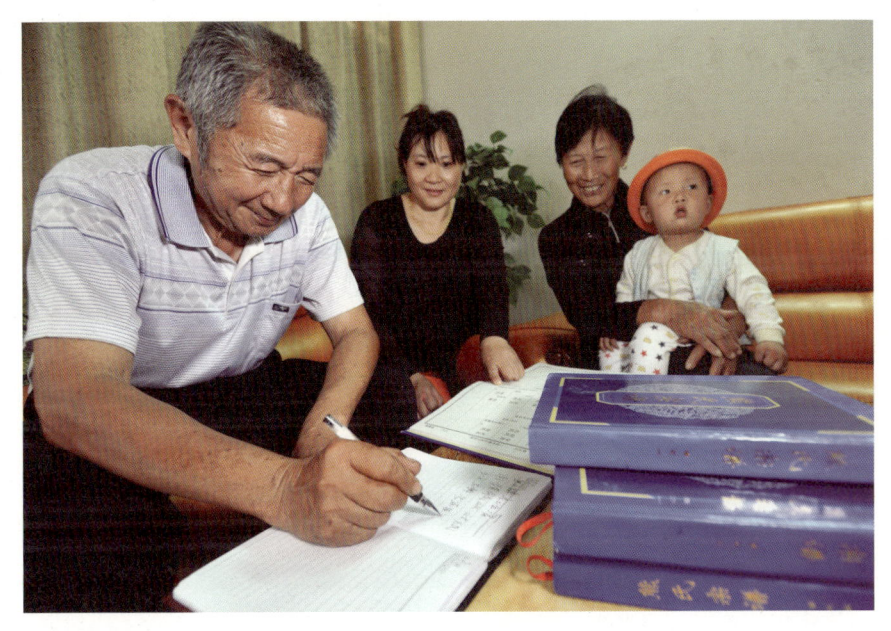

▲ 麻城孝感乡，熊氏后人在修家谱（鞠芝勤　摄）

光海说。

每年，熊宗枝都要接待七八拨来自全国各地的熊氏家族"寻根"人群，"我们不但帮忙核对家谱，而且还把远道前来'寻根'的人请到家里，包吃包住包接送，毕竟都是本家"。

就算村里来了不是熊姓的"寻根者"，老熊和村民们同样会热情相待，请吃便饭，并免费用摩托车接送，帮忙联系相关部门寻亲。

村民们经常看到的一个情景是，两个年逾六旬的老人，骑着踏板摩托车，奔波于村里的公路上，肩膀上挂的布袋里装满沉重的家谱。

每每找到可能有价值的"寻根"线索，老族长都会高兴几天，因为可能通过此找到失散多年的亲人。而当新的分支族谱续上以后，他会选择天气晴好的时候，来到当地熊氏祖坟前，焚香祭祖，将好消息告诉祖先的在天之灵。

"每一本家谱就是一个家族的历史。"在麻城，全市共有220个姓氏，每个家族都有一群热心修谱的老人，全市的民间修谱人总数多达数千人。而他们，除了在延续和记录家族的变迁，也是在丰富和延续国家的历史。

▲ 涪陵城区某居民楼堆满了书的仓库里，82岁的熊光前正在翻看《中华熊氏通谱》（谢智强 摄）

涪陵老人发起，全国族人共修《中华熊氏通谱》

"天下熊氏是一家，但有什么根据证明是一家呢？"为此，全国各地的熊氏族人决定联合起来，共同编写一本熊氏家族的中华通谱，而其发起人竟然是位于重庆涪陵的几位老人。

2014年6月16日下午，涪陵城区一栋居民楼的负一楼仓库里，82岁的熊光前戴上老花镜，翻开《中华熊氏通谱》第四卷仔细端详。

75岁的熊朝富搬来一卷暗红色封面的硬皮谱书，轰的一声放在桌上——这本《中华熊氏通谱》第五卷有2000多页，重近3公斤。

在这个没有窗户、只有一盏日光灯的仓库里，还堆放着几十摞这样的厚书，每摞足有一人多高。

"《中华熊氏通谱》是重庆、四川、湖北、湖南、江西、陕西、安徽等十个省市的熊氏族人共同编纂的全国通谱，有书号哟，是公开出版物！"熊朝富的脸上写满骄傲。

事情要从2002年说起。那时，已经退休的熊朝富和侄儿辈、比他还大七岁的熊光前参与了涪陵熊氏族谱的编修，却发现涪陵20多支熊氏之间字辈合不上，彼此之间连长幼关系都搞不清。

"大家只知道，熊氏曾是楚国的国姓，大多来自湖北。"熊朝富说，他和熊光前是同一支家族的叔侄，先祖在"湖广填四川"时从湖北麻城到重庆涪陵沈家湾落业，自家的家谱还算清楚。但不同的熊氏分支之间要确定辈分，就只能靠修族谱了。

原先，叔侄俩只打算修涪陵熊氏的族谱，当他们看到了由涪陵夏氏主修的《中华夏氏通谱》后，改变了想法。"《中华夏氏通谱》把夏氏的来源、分支、现状和辈分说得一清二楚，他们能修，我们也能修！"

于是，二老决定修编熊氏全国通谱，理清熊氏的渊源和分支，确定全国熊氏族人的辈分，"这样才能让每个族人知道，自己从哪里来，祖先是谁，以及熊氏家族如何分辨长幼辈分。"熊朝富说。

但那时，熊氏族谱资料留存极少。人海茫茫，如何着手？

熊朝富和熊光前向四川、湖北、湖南、江西、贵州等主要熊氏聚居地的档案局、史志办、图书馆等机构发出了500多封信函，又向海内外的熊氏

▲ 涪陵城区某居民楼堆满了书的仓库里，82岁的熊光前（左）正在翻看《中华熊氏通谱》，75岁的熊朝富（右）正在翻查资料（谢智强　摄）

▲ 涪陵城区某居民楼堆满了书的仓库里,75岁的熊朝富正在翻查资料
（谢智强　摄）

族人发去了400多封信函。

不久后,陆续有了回信。万州的熊锡国寄来了熊氏源流手抄本,麻城市地方志的李敏为他们搜集了不少资料,麻城的熊忠才寄来了《楚熊通志》……

2005年10月,熊朝富、熊光前和其他几个熊氏族人一起,组成了"寻根问祖考察组",先后到湖北宜昌、荆沙、孝感、麻城以及江西九江等地,查阅熊氏族谱资料。回来后,正式开始了通谱的编纂。

没有办公室,他们把资料一点点搬到家里编写;熊光前不会用电脑,手稿都用钢笔写,再请人打字;熊朝富为了查资料和联系族人,学会了上网。12年来,两个老人编修了近1000万字通谱。

修谱虽然艰苦,但熊氏叔侄俩分文未取,还自费为通谱出版垫付了十几万元。"我们有退休工资,修谱完全出于对家族的一份责任感。"

然而,要修成一部囊括全国熊氏族人情况的通谱,光靠熊朝富和熊光前的力量远远不够。为此,他们多次邀请全国各地族人提供家谱资料。

2005年起,来自重庆长寿、四川邻水、湖北麻城和团风、贵州省等地的熊氏族人多次到涪陵开会讨论编纂通谱的事宜。2007年,涪陵熊氏走出重庆,参与了在湖北麻城举行的中华熊氏文化研究会。

"2007年中华熊氏文化研究会是在麻城举行的,重庆、湖北、江西、江苏等地的熊氏族人都来了。"作为麻城熊氏陶永公这支的族长,熊宗枝也参加了会议。

"这之后,我们就经常去涪陵,两边亲戚走动起来了。"熊宗枝说,6年来,他每年都对麻城熊氏的家谱资料进行整理,定期去涪陵共修通谱。"共修通谱时,各地的族人都去了,多的时候有四五十个人,涪陵的熊氏族人在招待所长期租了房间,包吃包住,我们只需自己出路费。"

据熊朝富叔侄统计,全国共有来自10个省市的540支熊氏族人参加了《中华熊氏通谱》的编纂工作。修谱不但理清了熊氏家族的历史,也让他们之间的联系更加紧密。族人们有钱出钱、有力出力,共同提供了修谱和接待所需的费用。

"这部通谱,不仅是一部家族史,更是全国熊氏家族共同的一片心哟。"熊光前抚摩着《中华熊氏通谱》的封面,感慨良多。

(周　芹　范永松　申晓佳)

薛方全:"寻根"是绿叶对根的情意

乡愁是什么?

对有的人来说,乡愁是故乡的气息,是思念的土地,是亲人的面容……而对于重庆民生能源集团董事长薛方全来说,乡愁,是对先祖的故乡变得越来越好的期冀。

今年60岁的薛方全是重庆人,祖籍湖北麻城孝感乡。对他而言,"寻根"不仅是内心深处难以割舍的思念,更是一份"绿叶对根的情意"。

"寻根对我来说,是要让远方的亲人过得更好。"抚摸着厚厚的家谱,薛方全思绪万千。

一座"孝感乡都"牌坊,寄托他对孝感乡的深情

在湖北省麻城市,人们对"薛方全"这个名字并不陌生。

麻城市鼓楼街道办事处沈家庄村路口,矗立着一座高约10米的花岗岩牌坊,上书"孝感乡都"四个大字。牌坊下便是蜿蜒而去的光黄古道,当年,难以计数的"湖广填四川"移民,正是从这里走向遥远的巴蜀大地。

"这牌坊就是你们重庆的企业家薛方全捐资修建的。"2014年6月5日,在灿烂的阳光下,湖北省麻城市孝感乡移民后裔寻根问祖联络处主任刘明西摸着牌坊的柱子告诉我们。

2008年,为了在当时麻城规划的"移民一条街"上留下重庆人的足迹,薛方全捐资168万元,从麻城当地采购花岗石、大理石等石材修建了这座牌坊。之后,他又采购了300多万元相同的石材,用于修建位于秀山的秀山会展中心。

▲ 重庆民生能源集团董事长、麻城移民后裔薛方全展示他出资捐建的"孝感乡都牌坊"照片（鞠芝勤　摄）

在秀山搞工程，为啥要大老远跑到麻城采购石材呢？薛方全说，这是为了帮助麻城的亲人们。为此，他不惜用汽车将这些石材一车车地拉到秀山。

"乡亲们的日子，太苦了。"说起在湖北"寻根"的过程，薛方全眼眶湿了。

2002年，薛方全按着家谱记载的"祖籍湖北麻城孝感乡"内容，到麻城"寻根"。几经周折，他在麻城市宋埠镇找到了自己的同族亲人。激动之余，他却发现，大家还过着"面朝黄土背朝天"的日子，经济并不宽裕。有些人甚至还穿着补丁叠补丁的衣服，脚上的胶鞋也裂了口。

自己通过努力过上了好日子，可怎么才能帮上这些亲人？薛方全想到了帮助大家致富——在麻城建一个大型物流园。但由于种种原因，计划搁浅。目前在麻城，只有那座航拍中也能清楚看到的"孝感乡都"牌坊，寄托着薛方全对故乡的一片深情。

一个多年不忘的心愿，让他魂牵梦绕

"清明节到了，麻城的薛家人又要来了。"

说起亲人团聚，薛方全露出了笑容。

"我是'方'字辈，已经是薛家经过'湖广填四川'到重庆以后的第十一代人了。"薛方全感叹，虽然地理上距离遥远，但他从未觉得和麻城的薛家人有什么隔阂。相反，时至今日，他仍然经常牵挂着麻城的亲人们。

"必须要为先祖的故乡做点事情。"建大型物流园的计划暂时搁浅后，薛方全经常向重庆的企业家朋友们宣传湖北麻城这个地方，通过他的介绍，也有一些企业家在麻城投资了农业项目。可薛方全的心里，还是想着大物流园的规划。

▲ 麻城移民后裔薛方全展示蜀东薛氏族谱（鞠芝勤　摄）

"麻城背靠大别山，临近安徽、江西，假如铁路能够通达，将可以建成一个容纳和转运各类化学品的大型物流园，前景很不错。"薛方全告诉我们，麻城距离湖北省会武汉市有一小时车程，既不会太"边缘"，又符合容纳化学品的市郊区位。如果各类化学品能够在此聚集和转运全国，假以时日将形成化学品产业群，为麻城带来巨大收益。

薛方全透露，为此，他计划至少投入10亿元。"什么时候有了合适的契机，我还是要做这件事。"

这一切，在他看来，既是期盼，又是一种担当。这是因为一份上溯几百年的先祖血缘，也是作为"湖广填四川"移民后裔对魂牵梦绕的"麻城孝感乡"无法割舍的情意。

（申晓佳）

专家篇

陈世松：
让"湖广填四川"历史回到普通民众身边

"湖广填四川"既是川渝人一种共同的记忆，也是一个学术课题。但人们印象中高高在上的学术研究，要怎样与民众的需求对接？

作为川渝"湖广填四川"移民研究的"第一人"，四川省社科院客家文化研究中心主任陈世松认为，学术研究里同样凝聚着普通民众的记忆，通俗的讲述，丰富的资料，能够让那段历史重新回到我们身边。

"君从何处来"系列报道为学术研究开了个好头

▲ 陈世松

"'君从何处来'系列采访和报道，为接下来的研究开了个好头。"陈世松是"君从何处来"系列报道的忠实读者，还特地收藏了重庆日报"君从何处来"报道的所有版面。他认为，这是一次媒体沟通老百姓情感，真正"接地气"的采访，同时也让广大民众再次关注起了"湖广填四川"这个话题。

陈世松走访过川渝多地，深知老百姓都想看、想知道和"湖广填四川"有关的报道，也想知道这方面的现状，却往往苦于没有了解的渠道。而"君从何处来"采访组的实地采访、重走移民之路等举措，正满足了百姓们的精神需求，有利于让更多当代人记住这段历史,记住"根"和乡愁。

目前,陈世松的学术著作《大移民:湖广填四川故乡解读》已经付印,计划于2015年4月面世。这部30多万字的著作,将揭秘"湖广填四川"大移民之后,移居川渝的民众对故乡的看法,麻城孝感乡又怎样成为万千百姓心中的先祖居处,以及这种"故乡认同"的成因。

"'君从何处来'系列采访和报道在学术研究和普通民众之间搭起了一座桥梁,让他们能够从报纸过渡到书籍,了解更多'湖广填四川'历史的细节。"

计划搜集大量民间传说集成"移民故事"

但陈世松的计划还不止于此。他还准备广泛搜集关于"湖广填四川"的民间故事,集成"移民故事"。

"这是四川省的一个社科课题,旨在搜集各地和移民迁徙、艰苦创业等有关的民间故事,建成一个叫做移民故事的民间故事门类。"陈世松说,无论是过去流传的传说还是新创作的这类故事,都围绕着一段共同的历史记忆。移民故事,就是将移民时代背景下的人和事用故事题材表现出来。

那么,这些故事现在在哪儿?陈世松介绍,有些故事靠着民间口传,有些被记载在古籍和清朝、民国时期的地方志中。这些故事讲述了大移民时代中的悲欢离合,其中不少还颇具传奇色彩。

"宁波冯家在重庆发迹的故事就是其中一例。"陈世松讲起了自己在宁波搜集到的一个故事:清初时,宁波一位冯姓人士,在"湖广填四川"中举家迁徙到重庆,无亲无故,只能落脚在水码头边靠卖开水为生。但此人很有生意头脑,他听到来往商客议论,当年是红花的"小年",来年的红花一定会涨价,立刻倾其所有购进红花,第二年果然发了大财。之后他衣锦还乡,回到宁波,往返浙江重庆两地做生意,并乐于救济穷人。多年后,他救济过的一位穷人的儿子考了状元,到浙江当钦差,又对他报答当年恩情。

陈世松说,类似这样的故事还有很多。它们既有通俗性,又具有一定史料价值。这些故事,记载了"湖广填四川"给川渝和全国各地带来的深刻影响和改变。

(申晓佳)

何智亚：
移民推动社会进程　乡愁传承古老文明

"古建筑如果拆了，后辈们到哪去找寻乡愁的安放之所？老故事如果丢了，后辈们又该到哪里找寻乡愁之所在？"

重庆历史文化研究学者何智亚的两句反问，道出了乡愁的真谛。

他认为，"君从何处来"系列报道，是一次很有意义的"寻根之旅"，也是一种文化精神的诉求，是为更好地传承历史文脉，传承优秀的民俗文化。

麻城老百姓鸣放鞭炮欢迎我们

在渝中区下半城一座青砖大院里长大的何智亚，对母城的眷恋之情强于常人，此后，他所从事的工作包括规划、建设、管理，无一不与哺育他成长的城市密切相关。

▲ 何智亚

每当一个个圈着大红拆字的建筑倒下时，何智亚常自问自己："我能做些什么？"在这一反思过程中，他成长为一个坚定的历史建筑保护者，"一座历史建筑没有历史沿革，就等于没有根、没有魂"。

20世纪90年代，何智亚见到了湖广会馆——这座现存规模最大的古会馆群——深陷危房之中,已是满目疮痍。

在他的直接推动下,重庆开始对湖广会馆建筑群进行保护性修复。

但在何智亚的心中,修复的不仅仅是建筑本身,更多的是一种乡愁的凝望。

2005年3月,湖广会馆正在进行紧张的修复工作,何智亚决定在修复后的湖广会馆里建一个"湖广填四川"移民博物馆出来,"今后大家来参观时,不仅能看到建筑,还可以通过博物馆了解重庆移民的历史"。

这一想法,直接促成时任市政府副秘书长的何智亚率队去湖北麻城考察。这也是迄今为止,各地关于"湖广填四川"历史研究中的最高的规格。

"考察时,正值冬季,地上、房子上都是雪,歧亭镇的老百姓都出来了,放着鞭炮欢迎我们,心里那个时候只有温暖和感动。"回忆起访麻城,何智亚的脸上洋溢着笑容。

"湖广填四川"移民奠定现代重庆人根基

"重庆是座典型的移民城市。以'湖广填四川'为代表的大移民,才真正奠定了现代重庆人的根基。"何智亚掷地有声地说。

重庆城市的历史源远流长,移民史也经久不息,从公元前316年秦灭巴蜀,到抗日战争国民政府迁都重庆,再到"三线建设"时期全国各地支援建设,先后有6次对重庆具有重要影响的移民。今天的重庆人绝大部分都是"湖广填四川"移民的后裔。在历史上,有过两次"湖广填四川"大移民,一次是元末明初,另一次是明末清初。

"每次移民都是战争的结果,战争是最大破坏者。古代战争对生产力的破坏,对人力的残杀是不可思议和不可想象的。"何智亚说。战争摧毁了一切,于是有了元末明初的大移民,但明末清初的战争又摧毁了前一段历史,就再次产生了历时100多年的大移民。

"从顺治末年到嘉靖初年,我们的祖先从全国各地,千里迢迢,举家迁徙入川。这是一次艰苦卓绝、连绵不绝,一代又一代,跨越一个多世纪的历史大移民。"今天的重庆湖广会馆,见证了移民创造的辉煌与光荣,显示了重庆这座城市厚重的历史和海纳百川的精神,也是巴蜀地区向全国的一次大开放。

何智亚率队对麻城的考察,不仅促进了两地官方之间的交流,同时湖广会馆也为重庆人到麻城"寻根"、麻城人到重庆拜访,提供了一个极具历史意义的平台,也使得两地之间的血肉之脉的联系更为紧密。

"君从何处来"是尊重人文的"寻根"之旅

一个家族的变迁史就是一部真实的历史,一座城市的历史就是由一个个家族的变迁史构成的大历史。让家族的历史传承下去,让家族的文化繁衍下去,也是让城市的文脉传承下去。

"日报和晨报开展的'君从何处来'系列报道是一次很有意义、很接地气的'寻根'之旅,是为更好地传承历史文脉,传承优秀的民俗文化。"站在历史文化的高度,何智亚非常认同地说。

他还认为,"重走湖广填四川移民之路"系列报道唤起了人们的乡愁,让人们在快速发展的社会中,在物质日益丰富的生活中,不要忘记我们的根,"人都是有感情的,每个人都会追问自己我从哪里来,'君从何处来'的报道让很多人产生了到老家去看一看的想法,从这个意义上说,满足了人们思乡和乡愁的情结,有非常积极的意义"。

"这种乡愁,是人们对家乡的深深怀念和眷恋,正是因为乡愁,才使得中华民族得以繁衍传承和生生不息。如果一个人连家乡都不眷恋、都不热爱,何来爱国?"何智亚分析说。

尊重自然、尊重人文、尊重规律同等重要,"寻根"之旅更多的是体现在尊重人文上,"保护和传承历史文化,需要一种社会责任感,全社会都要行动起来"。

何智亚对"君从何处来"系列报道的内涵分析认为:移民社会,意味着广纳百川、包容四海、兼收并蓄、共谋发展;移民精神,意味着坚韧不拔、百折不回、勇于进取、敢于创新。

"几百年来,在不同地域、不同文化、不同血缘、不同民族的历史大融合中,奠定了巴渝丰富多彩的文化底蕴,形成了当今重庆人的耿直热情、坚韧顽强、吃苦耐劳、胸襟开阔的精神气质和性格特征。"何智亚说。

(郎清湘)

黎小龙：
在"湖广填四川"中寻找重庆的前世今生

"湖广填四川"业已过去了数百年，这段历史除了浓厚的"寻根"情结，还留给巴渝大地什么样的馈赠？在当下，我们还能从这段历史中寻找到什么？

"'湖广填四川'大移民既改变了中国移民史的走向，也深刻而彻底地塑造了今天的巴渝文化和当代重庆。"重庆中国三峡博物馆学术委员会主任、西南大学历史文化学院教授黎小龙说，"湖广填四川"在今天仍具有深刻的现实意义，那段历史值得继续探索和研究。

用一部断代史勾勒巴渝大地焕发新生的过程

▲ 黎小龙

"湖广填四川"移民星散西南各地，他们来到陌生的土地上，靠什么谋生？一个个家族怎样才走到今天？这些是川渝两地学者共同关心的问题。

黎小龙介绍，川渝两地学术界正在携手进行一个名为"重庆湖广填川历史研究"的科研课题，成果包括一部通俗性的著作和一部学术性的断代史。前者旨在吸引更多人了解和关心"湖广填四川"留

在川渝家族中的历史记忆，而后者则将从学术角度对重庆本土的"湖广填四川"历史进行首次全面的勾勒和梳理。

"这部断代史将以丰富的史料为基础，对'湖广填四川'进行全面研究，并做出进步和创新之处来。"黎小龙说，四川、湖北等地的学者是研究"湖广填四川"的先导，有了四川学术界的合力，这个课题才得以诞生。此次仅重庆团队就有10多人，分赴各区县搜集家谱、地方志、别传、碑牒等基础资料。著作预计2017年成稿，字数在100万字左右。

我们能从这部著作中读到什么？黎小龙表示，这部著作将把"湖广填四川"的历史脉络勾勒出来，我们将能看到从湖广地区跋涉而来的千万移民们落在巴渝大地上的足迹，看到他们胼手胝足的创业经历，和千百个来自湖广的家族在本地生根的过程。换言之，我们能看到巴渝大地在经历了战乱、疫病、虎患等灾难后，再次焕发新生的点滴。

"湖广填四川"的学术价值系于人类"寻根"的天性

"从移民史角度来说，'湖广填四川'有着独到的地位。"

黎小龙说，从秦朝实现中国"大一统"之后，大规模移民走向通常是自北向南，导致了华夏文化从黄河流域的中原拓展到全国各地。很长时期内，西南地区的移民主要来自西北和中原地区，他们带来的先进文化和生产技术，让地处成都平原的蜀地得到极大发展。吕布的吕氏家族、卓文君的卓氏家族，就是迁徙到蜀地的大族。

到了元末明初，情况发生了变化。全国经济中心南移，长江中下游的湖广地区成为重镇。此时开始的"湖广填四川"移民运动，地理上为东西走向。而巴地作为西南地区最东的门户之地，得到了地利之先。无论从山区走陆路还是沿着长江河谷走水路，大批湖广移民落脚的第一站都是巴渝大地。由此，巴渝文化得以极大繁荣。明清两次"湖广填四川"，就这样奠定了今日重庆的基础。

"但从根本上，'湖广填四川'的学术价值还系于人类'寻根'的天性。"黎小龙从事移民史研究多年，他说，"寻根"意味着"寻找家族"，而其可以追溯到一个人类的本源问题——我从哪里来？这是智慧生物特有的疑问，而从这种疑问中，才会诞生家族和历史的记忆，形成文化。

黎小龙至今记得,他曾到云南的一个村落进行田野调查,当地村民都表示"我们是南京来的",地点甚至可以具体到某条街,某个巷子。黎小龙分析,这是因为人们希望记忆中的家族诞生地是一个可感的、具体的"点"。正因如此,"湖北麻城孝感乡"才会成为"寻根"的一种故乡"形象"。

"孝感乡更多的是一种传说,但传说也是历史的一部分。"黎小龙说,考察这种"孝感乡现象"形成的原因,能够发现其在历史、文学等诸多领域中的反映。因此,"湖广填四川"中形成和流传的大量家族记忆、历史记忆,便将现实与那段历史联系了起来,使得"湖广填四川"具有了真切的现实意义。就此而言,"寻根"寻找的不仅是一家一户的先祖,更是一个地区的发展演变历程,一座城市的历史记忆。

(申晓佳)

蓝勇：
乡愁是对一方风土人情永难割舍的眷恋

"'湖广填四川'是中国移民史上一次十分重要的移民事件，不仅对川渝地区近代历史的发展起到过相当重要的作用，而且也深深地影响到现代川渝社会。"作为研究这段移民史的专家之一，西南大学历史地理研究所所长蓝勇一直觉得，即使对这段历史的研究目前已经成为了学术界的热点，但是其中依然还有很多东西可以挖掘。

▲ 蓝 勇

在这种情况下，由媒体组织的"君从何处来"系列报道能得到蓝勇的肯定，可谓相当不易。在仔细看过这组系列报道之后，他兴奋地说："'君从何处来'系列报道既和百姓民生关系紧密，又具备一定的学术含量。此次报道的广泛影响，也反过来对学术界的相关研究形成了助推之势。"他建议，重庆的学术界和媒体应开展合作，进一步探索重庆历史中的闪光点。

"过去的移民史研究一直比较'低调'，但重庆日报和重庆晨报的'君从何处来'系列报道正在让移民史变成显学。"他表示，以往，移民史研究只是学术圈内部的话题。借助媒体的力量，移民史学科正在获得社会各界更多的帮助。

在蓝勇看来,"认祖归宗"是百姓心理的一个自然需求,这组报道的出炉,更多的则是勾起了人们对于"乡愁"的眷念。"实际上我在研究工作中发现,现在重庆很多自称是祖籍湖北麻城的,其实是当初的一种冒籍现象。但是,放在眼下的大环境中来看,这一切已经无关紧要。重要的是,对于不少重庆移民来说,麻城孝感已经衍变为一种乡愁的寄托,成为了一群有相似迁徙经历的四川人的群体记忆,而且会代代相传。"蓝勇说。

这种代代相传的记忆,究竟会为我们带来什么?

"这种记忆,其实就是对根的追寻,就是乡愁。而这种乡愁,在现代社会中,就是一种纽带,往往能表现出良好的社会效应。"

在蓝勇看来,乡愁这根纽带,不仅把各个家族的后代维系在一起,还能起到更大的作用,"它把个人与民族、国家紧紧地联结在一起"。

为什么这么说?他认为,乡愁不仅仅是游子对亲人的思念,对故乡的依恋,也是对一方风土人情永难割舍的眷恋。

蓝勇说,除了对青山绿水的渴望与回归,乡愁反映了人们对乡村社会那种敬老孝亲、守望相助、诚实守信的人际关系和社会秩序的向往。现代社会,不孝顺父母、不赡养老人的新闻屡屡爆出,大家更怀念"兄友弟恭、敬老孝亲"的"礼治"乡村。在现代社会中,人们往往缺乏历史感和文化感,漠视过去和身边的人和事,更不要说对家族、祖先的历史文化了解和认知,由此带来的心灵文化土壤的荒漠化,国家民族亲和力、凝聚力的松散,令人扼腕。"通过'寻根',我们会发现大家都是一个祖宗,来自一个故乡。有了对故乡的爱,才会有对国家的爱。国家,其实就是一个放大了的故乡。"

(郑　昆)

张德安：
会馆文化还需传承和弘扬

▲ 张德安

作为重庆历史文化名城专委会副秘书长、研究员，68岁的张德安长期沉醉于移民文化，特别是会馆文化的研究之中，在他看来，目前重庆尚存的多处移民会馆，都还需要加强修缮和保护。

在关注了"君从何处来"大型报道之后，张德安很兴奋，他似乎发现了一条保护古代会馆文化的新路——只有更多的社会人士参与进来，我们的保护工作才可能做得更好。

"这组报道，可以说是把之前只有少数人关注的重庆移民文化摆到了大众的层面上，也激起了咱们老百姓对于寻根问祖、寄托乡愁的强烈兴趣。"张德安说，"由这种兴趣所激发的，可能是更多的人会加入到对历史文物的保护中去。"

张德安口中的"历史文物"，特指明清时代留存下来的移民会馆。在20年前接触到重庆的这些会馆遗址之后，他就迷恋上了曾经辉煌的会馆文化。这么多年来，他的足迹也遍布重庆多个区县，几乎把所有现存的会馆都走了一遍："太可惜了，很多具有历史价值的会馆，现在都还没有得到很好的修缮和保护。"

"保护好会馆,实际上也是对会馆文化的一种传承。"张德安说,在目前,如何传承和弘扬会馆文化,是他一直在思索的一个问题,"我们对会馆文化和会馆发展的研究还不够深入,特别是现代会馆的名实和称谓状况有了不小的变化,就更增强了会馆管理工作的难度。我们必须要有创新思维,才能传承和弘扬会馆文化。"

那么,什么是会馆文化?对此,张德安总结了六个方面:精到的管理规则在各会馆自成体系;唯美的建筑艺术使得会馆遗存成为古建瑰宝;深厚的文学、书画修养彰显中华传统历史文化;"扶危济困"义举的人文精神认同社会传统道德;粗犷的年节民俗表演和酬神演出活动是特殊的社会文化事业;从馆塾式学堂教育趋向学校教育。

在张德安看来,"放开思路"是做好传承与弘扬会馆文化的第一步。"现在,很多会馆已经设立移民博物馆、民俗博物馆等展室。我个人觉得,今后除深化充实这些内容外,还要因地制宜,在有条件的情况下,同有关部门协商,如在会馆内建立工艺美术展览馆、工艺美术创作基地、古建筑摄影基地等,可以丰富会馆展示的载体,使会馆多元发展,增强生存能力。"

其次,张德安还建议会馆设立"国学馆"或"国学讲堂",配合已有的爱国主义教育基地,利用会馆历史文物资源,对儿童、青少年进行中华传统文化教育,扩大会馆的文化影响力。

各地会馆类型不同,且有各自的特色,针对这种情况,张德安还表示,希望能对会馆已开展过的文化节、庙会和民间艺术节等民俗活动进行总结,整理有关会馆文化研究资料,特别是对所在会馆的碑刻、楹联、题匾等涉及的地域文化、民俗文化、姓氏文化和家谱学、谱牒学等仔细研究,传承和弘扬会馆文化。

最后,在会馆如何增强自身造血能力上,张德安也有其独到的见解——"以旅游和商务为两翼,不断开展社会公益活动。"对此,他解释说,会馆旅游参观是目前生存发展的重要方法之一,所以会馆要同旅游部门联合,更好地掌握游客资源,并争取独立对外开展地接业务,逐步扭转全依赖的状况,提高会馆接待服务品质,调整好会馆内经营业态,加强商务管理。与此同时,在发展会馆的基础上,不断开展社会公益活动,使会馆成为都市特色名片,"如果都能打造成像现在湖广会馆建筑群这样的特色旅游项目,那么会馆文化的传承就完全可行了"。

(郑 昆)

影响篇

"寻根"改变一座城

"是来'寻根'的吧?"

背个旅行包,拉着行李,站在街头,手拿一张纸四处张望——这是湖北省麻城市市民心目中,典型的"寻根者"形象。看到这样的人,他们总会热情地上前搭话。2005年起,前来这里"寻根"的"湖广填四川"移民后裔明显增多,麻城人早已习惯了为他们指路、支招。

而这一持续了近10年的"寻根"热,也在悄然改变这座有着120万人口、方圆3747平方公里的城市。

建设:投12亿建"寻根"家园

2013年,麻城市南湖办事处的居民发现,昔日热火朝天的夜市一条街不见了,取而代之的是一片占地83公顷、一眼望不到头的建筑工地。

远远看去,这座建筑工地高低起伏,绿树与步道相间;既没有高楼大厦的地基,也看不到任何的销售广告——这既不是住宅小区,也不是商圈,而是正在建设中的麻城市湖广移民文化公园。

为什么要在城区的繁华地带,用这么大的面积建一座移民主题公园?

"湖广移民文化公园目前还有一个名字备选:麻城孝感乡公园。但不论叫什么名字,它都是为'寻根者'打造的,它将成为一个寄托乡愁、寻亲的平台。"2014年6月10日,麻城市湖广移民文化公园建设开发有限公司总经理姜国权这样解释道。

"根"在何方,如何安放?这是每个"寻根者"都会关心的问题。湖广移民文化公园的设计思路,也正缘于此:兼具麻城历史文化展示和移民文化传承两方面功能。

建成后的公园有移民文化陈列馆,还有数字化平台帮忙"寻根"。届时,前来"寻根"的人不用再漫无目的地打听线索,可直接来到"谱堂",在专人协助下比对家谱。

"为了保证家谱比对的准确性,我们正逐步将收集到的220多套家谱进行扫描,建立电子数据库。"姜国权介绍,"寻根者"可以先上传自己的家谱,再通过电脑比对在数据库中查找相符信息。随着家谱库不断扩大,比对成功的可能性也会增加。

此外,移民公园中还将建起祭祖大厅,移民后裔可以到此祭祀麻城的先祖。缴纳一定费用后,还可以为自己的先祖设立固定的牌位,定期祭

▲ 重庆晨报无人机高空俯拍建设中的麻城孝感乡移民公园(晨航 摄)

▲ 具有当年移民特色的麻城孝感乡移民公园牌坊已见雏形（苏思 摄）

拜。"这相当于让迁出去的先祖再次'扎根'麻城。"姜国权说。

姜国权告诉我们，湖广移民文化公园第一期投资7亿元，预计于2015年5月完工，总投资将达12亿元。"公园的定位就是'川渝老家，市民乐园'。"川渝风味的美食、熟悉的农耕生活场景、与川剧颇为神似的东路花鼓戏……都是麻城人为来自川渝地区的"寻根者"精心准备的"惊喜"。

借力：把移民文化作为产业打造

面对着一拨拨涌入城市的"寻根者"，麻城人嗅出了其中的商机。

"重庆籍企业家对麻城情有独钟。"提到重庆人，麻城市文化研究中心主任、麻城市"湖广填川孝感乡现象"研究会会长凌礼潮的话里多了一份亲切。

他告诉我们，麻城市宋埠镇有一家成立于2010年的制镍企业，是重庆籍商人戴永波与人共同投资的。而戴永波，正是祖籍麻城孝感乡的移民后裔。"这个企业总投资8个亿，是当时麻城投资最大的企业。"

还有一些在渝麻城移民后裔出资修家族通谱，成立研究会，商议建祠堂……

今天的麻城,街道两旁宾馆林立,从简朴的小客栈到高档的酒店一应俱全。"这是适应'寻根者'越来越多而发展起来的。"姜国权说。

我们在麻城了解到,其第三产业相对发达。因为"寻根者"走进麻城,要吃饭、住宿;要"寻根",自然就要游览麻城,看一看五脑山、洗脚河、高岸河码头。

麻城市委、市政府也越来越重视"湖广填四川"的这段历史:高岸河码头竖起了"孝感乡移民始发地"石碑,沈家庄村村口多了孝感乡都牌坊和孝感乡都碑,还有建设中的湖广移民文化公园……这无疑能吸引更多的"寻根者"前往麻城。

凌礼潮说,麻城市正在把移民文化当成产业打造,"更好地服务'寻根者'的同时,也提升了城市的经济实力"。

反哺:"寻根"情吸引渝商到麻城投资

从2005年,时任重庆市政府副秘书长的何智亚率团赴麻城考察,到2010年的渝中区与麻城缔结为友好区市,麻城孝感乡的故土,让重庆的移民后裔魂牵梦萦。通过寻根问祖,越来越多的重庆人开始了解和走进

▲ 麻城孝感乡即将完工的移民文化公园祭祖大殿(鞠芝勤 摄)

▲ 2014年9月,川渝专家学者走进移民文化公园(鞠芝勤 摄)

麻城,一些麻城人在重庆的后裔正通过牵线搭桥或直接投资反哺故土,推进麻城当地的经济发展。

在2010年"重庆—麻城第三届'湖广填四川'移民文化节"上,麻城市政府与重庆三家企业签订项目协议,总金额达19.5亿元。民生能源集团是此次签约的企业之一,集团董事长薛方全因"寻根"而在麻城捐资160万元修建了"孝感乡都"牌坊,虽然签约项目因种种原因未能实施,但他计划在当地继续投资修建一个大型物流项目。和薛方全一样,潼南县的重庆市政协委员、重庆汇达集团董事长代小平也是移民后裔,他曾为麻城夫子河镇中心小学捐款10万元,用于资助当地贫困学生。

"人的一生总要有追求,不能连祖宗都不知道是怎么回事。我们作为移民后裔,如今的生意做得也可以,就有责任到麻城做点事,推动几百年前的家乡的建设和发展。"代小平感慨地说,"他们把我们看成亲人,我们把他们看成家人,麻城将是我们的投资热土。"

2013年年底,代小平投资3.5亿元的湖北汇达柠檬加工有限公司现在已进入平场阶段,工厂投产后,将年产5亿瓶柠檬饮料,可带动周边群众的就业。此外,他还将投资10亿元把麻城著名的龟峰山打造成5A级旅游景区,让旅游实现常态化,"使麻城这个古老的移民家乡受益"。

麻城市委书记杨遥介绍，麻城将定期和不定期地在麻城与川渝移民地区举办移民文化联谊和"寻根"活动，介绍两地的民风民俗、特色民间艺术，"以'麻城孝感乡'为代表的湖广移民文化，蕴藏着勇于开拓、勤于敬业、开放包容、自强不息等丰富的精神内涵。移民文化经过数百年传承，依然璀璨夺目，光彩熠熠。我们正在建设中的移民公园就是一个联系移民后裔和传承移民文化的载体，建成运营后，将惠及麻城市民和川渝后裔。同时，我们邀请川渝移民后裔来麻城寻根问祖、开展经贸、文化交流、回家投资"。

（周　芹　陈维灯　申晓佳）

▲ 麻城移民文化公园里展示的重庆日报、重庆晨报的报道（鞠芝勤　摄）

祭祖大典：山高水长见证血脉传承

"山高水长兮，见证血脉之传承；青史云雷兮，永贯孝感之乡魂！"

移民先祖升位，鸣鼓迎祖，敬献三牲、肴馔、鲜果，奠酒……按照传统的祭祀仪式，移民后裔向先祖虔诚祭拜，寓意同宗同源，血脉相连，祈求故乡欣欣向荣。

2014年9月26日，湖北麻城官方首次举行了"湖广填四川"移民寻根祭祖大典，来自重庆、四川、河南等地的移民后裔代表，以及湖北武汉、麻城当地研究学者、市民，共300余人参加了大典。

3个月前，重庆日报、重庆晨报联合开展了一场历时半个月的"君从何处来——重走湖广填四川移民之路"大型系列报道，再次点燃了市民对故土的热情。

重鼓敲响移民迁徙与"寻根"之旅

"湖广填四川"移民寻根祭祖大典现场，彩旗飘飘，十八声重鼓，敲响了川渝先祖的壮烈征程；十八声唢呐，吹出了移民后裔的"寻根"之途。

在庄严肃穆的祭祀鼓声中，主祭大典徐徐开启。身着汉服的主祭人，在三个陪祭者的伴随下，缓缓走上祭台。

敬献三牲、敬献五谷……伴随着一个个古老的仪式，祭奠有条不紊地进行。

"山高水长兮，见证血脉之传承；青史云雷兮，永贯孝感之乡魂！"重庆移民文化研究会副会长、重庆中华传统文化研究会副会长周庆龙，作为移民后裔代表宣读了祭文，表达了"湖广填四川"移民后裔对麻城孝感乡的牵挂与思念。

让乡愁有个安放的地方

祭祖大典的"主角"是麻城的地方神——帝主张七相公。这是因为在麻城的传说中，张七相公祖籍重庆璧山。作为一位"重庆籍"神仙，张七相公护佑麻城，被麻城人尊为"帝主"；而从麻城走出来的移民又把帝主信仰带到川渝，修建庙宇供奉张七相公。

这层不一般的关系，象征着川渝的移民后裔与麻城之间的"血缘"。

"'寻根'对于麻城而言，有着双重的意义。"重庆市人大常委会委员、市记协主席周勇表示，在许多重庆人心中，"麻城孝感乡"不仅是家谱上记载的祖籍地，更象征着可以安放乡愁的地方。

建议恢复"孝感乡都"之美名

在寻根祭祖仪式上，周勇作了题为《相聚在"天下第一乡都"》的致辞，引起了阵阵热烈的掌声。作为移民后裔，周家入川始祖叫周凤藻，传到周

▲ "寻根圆梦"祭祖大典仪式现场（鞠芝勤 摄）

勇这一代已是第12代。周家曾有一个八棱碑，上面记载了移民入川的故事，"碑文很清楚地说明了周家是来自湖北麻城孝感乡的移民，落户在了巴南区惠民乡三合土这个地方"。

从2013年国庆节到麻城"寻根"，周勇已是第三次到麻城。周勇说，自己为能作为孝感乡都的后裔感到骄傲。

周勇郑重向麻城市委、市政府建议：恢复使用"孝感乡都"地名。周勇认为，"麻城孝感乡是600多年前的一个乡，后来合并于其他乡镇。孝感乡是麻城移民文化的标志，在国内外都有极大影响，需要一个传承的载体；'孝感乡都'更是一个独一无二的品牌，它让麻城拥有了'天下第一乡都'的美誉，具有极大的传播价值"。

他建议，在麻城市恢复"孝感乡都"这一古代地名，可以增强"寻根者"的文化认同感，让他们"常回家看看"。

"祖籍"更多是心灵寄托

尽管大多数湖广移民后裔一直认为或自称祖籍是"湖广麻城孝感乡"，而持续几百年的"湖广填四川"，移民超过了400万，这和麻城当时仅有的9万人口不符。

▲ 祭祖活动中向祖宗进香（鞠芝勤　摄）

▲ "寻根圆梦"祭祖大典现场(鞠芝勤 摄)

　　西南大学历史文化学院教授黎小龙表示,"祖籍麻城孝感乡"的说法中,既有真实的历史,又有移民的心灵寄托。

　　黎小龙说,一部分移民的确来自于麻城孝感乡。而此外众多移民家谱记载的"祖籍麻城孝感乡",反映了移民渴望形成祖源地认同(即祖先发源于同一地区)的心理。类似的现象,曾多次出现在中国移民史中。

　　"移民来到陌生的地方,力量零散,希望'抱团'。'祖籍孝感乡'就是最好的身份认同。"黎小龙认为,这恰恰反映了移民立志在新的家园继续繁衍生息的决心。当人们谈起"寻根",也正是在缅怀先祖这种坚韧而伟大的品质。

(郎清湘　申晓佳)

相聚在"天下第一乡都"

——在"寻根圆梦"孝感乡都旅游文化节开幕式上的致辞

各位父老乡亲、兄弟姐妹们：

今天是个喜庆的日子，"寻根圆梦"孝感乡都旅游文化节开幕了。

我代表参加旅游文化节的麻城移民后裔，向大家问好，向旅游文化节的开幕表示热烈的祝贺！

站在这里，感慨万千。

对于我们这些湖广移民后代来讲，"孝感乡"是一个魂牵梦绕的地方，因为它是我们的"老家"，更是我们的"乡愁"所在。

从去年国庆节以来，不到一年时间，我已经是第三次踏上这块土

▲ 周勇在"寻根圆梦"孝感乡都旅游文化节上讲话（鞠芝勤　摄）

地了。

——这是因为我们都是这"天下第一乡都"的都民。从小时候起，我们就知道自己是孝感乡的人。但是，孝感乡在哪里呢？我们并不知道。因此，就常常被人指引到了今天的孝感市。每次到湖北出差，家父就叫我们买点孝感的麻糖。结果，直到去年我才知道，此"孝感"非彼"孝感"，真正的"孝感乡"是在麻城市，不是孝感市。所以，这些年我们是吃了不少的冤枉麻糖。昨天重庆来的一位专家，也误把"孝感北"当成了"孝感乡"，坐上火车在此下车。结果才发现，此"孝感"非彼"孝感"，一个在武汉西北，一个在武汉东北，相距200公里，结果花了400元钱打的才来到麻城孝感乡。是凌主席这一干麻城的专家们，经过辛勤的发掘，让一个曾经的"孝感乡"、一个被历史风云淹没了六百年的"孝感乡"横空出世。更令世人惊异的是，或许是因为从这里走出了一支伟大的移民队伍，繁衍出无数杰出的移民后裔，因此，这里便有了一个响亮的名字"孝感乡都"。据我所知，在中国，除"孝感乡"以外，恐怕还没有第二个以"都"命名的"乡政府"所在地。即使在世界上，以"都"命名的政府所在地，也只有"东京都"等很少的几个大的地方，而不见以"乡"治为"都"。因此，"孝感乡都"是完全可以自豪地称之为"天下第一乡都"的。能够成为这里的"都民"，当然是我们共同的骄傲。

——这都是因为湖广移民一家亲。我来到麻城，始终被亲情所包围。去年10月，利用国庆假期，我第一次来"寻根"，人生地不熟，就受到凌礼潮主席、李敏老师、鲍斌常务副部长的热情接待，安排我看了"高岸河码头"、湖广移民纪念碑，参观了移民博物馆和"孝感乡都"，拜谒了五脑山"帝主宫"。今年4月，我第二次来麻城，受到杨遥书记、蔡绪安市长、邱胜平部长的热烈欢迎和亲切关怀，欣赏了神奇的龟峰山和壮观的杜鹃花海。随后5月，麻城市政府派出钟世武主任带领的一支历史和新闻队伍，专门到重庆寻访湖广移民。这些都体现了湖广移民祖籍地麻城和移民后代之间的浓浓亲情。

——这更体现为重庆麻城一家人。今年4月我访问麻城后，在重庆晨报上发表了一版麻城的杜鹃花专题报道，起名"梦里湖广 麻城杜鹃"，引起了热烈的反响。其中最大的反响是重庆日报和重庆晨报的老总决定

▲ 即将完工的移民文化公园一角（鞠芝勤 摄）

发起"君从何处来——重走湖广填四川移民之路"大型采访报道活动。活动5月30日从麻城开始，到6月18日重庆直辖17周年之际形成高潮。重庆日报每天一个版或大半个版，连续推出14组27篇报道；重庆晨报除每天整版推出报道外，还派出航拍飞机，拍摄视频、照片，发微博、微信，制作集图文视频于一体的专题，通过新媒体集群进行全媒体传播，其整个报道的版面有50来个，阅读人次超过了一千万。可以说，那段时间，"麻城""孝感乡"成为街谈巷议的热门话题，不但在重庆和湖北屡掀热潮，其影响也迅速扩大到全国。这是有史以来，全国新闻媒体规模最大、动员人力物力最多，对湖广移民历史与现实的第一次集中报道，也是对麻城的一次大规模集中宣传。这个活动受到中宣部的充分肯定，重庆市委宣传部和重庆市新闻工作者协会、重庆市报刊协会也专门为它召开研讨会。这次来麻城，重庆日报、重庆晨报再次派出记者报道旅游文化节。重庆人民，重庆的媒体，之所以如此下力、用心，完全是因为重庆和麻城是一家人。一家人就不说两家话，情义无价，就不算两家账了。

这次旅游节有一个重要的内容就是"湖广与孝感乡现象学术沙龙"。专家学者们都是有备而来。我把我的一个观点在这里贡献出来，与大家分享。

这些年来，麻城市委、市政府着力于发掘保护和传承"湖广移民文化"，尤其是"孝感乡现象"这个宝贵资源，气魄大、力度大，令人刮目相看。这是值得称道的。在此，我向麻城市委、市政府郑重建议：恢复使用"孝感乡都"地名。

主要是基于两点：一是"孝感乡"是麻城移民文化的标志，在国内外都

▲ 2014年9月26日,周勇在"湖广与孝感乡现象学术沙龙"上发言(鞠芝勤 摄)

有极大的影响,需要一个传承的载体。而"孝感乡都"就是最好的载体;二是"孝感乡都"更是一块独一无二的品牌,它让麻城拥有了"天下第一乡都"的美誉,没有夸夸其谈之嫌,具有极大的传播价值,它能够迅速地提高麻城的城市美誉度,提升麻城的文化竞争力,让麻城借此走出大别山,走向中国和世界。

据我所知,鼓楼和南湖两个街道都在争"孝感乡都"这个名称,一个拥有治所沈家庄,一个占有孝感乡的绝大多数地盘,因此各有理由,互不相让。按照中国传统的地方命名方式,以治所为主,因此拥有治所沈家庄的鼓楼街道可命名为"孝感乡都"街道办事处。对占有孝感乡的绝大多数地盘的南湖街道也不要亏待,就改叫"都南街道办事处"吧。

我就讲这些。

再一次谢谢麻城的同志们!

2014年9月26日上午,于湖北省麻城市古孝感乡都

(周 勇)

"寻根"热潮催生学术研究
《湖广填四川与重庆研究》项目启动

一

"湖广填四川"始于元末明初,历经500余年的演变,成为一场先由政府主导,后成政府倡导与民间自发相结合的移民运动,对四川历史的发展产生了深远的影响。

在"湖广填四川"移民运动中,重庆有着极为特殊的地缘位置。对于移民们来说,重庆既是湖广移民进入四川后定居、繁衍、创业的重要地域,也是再向全川扩散或"二次移民"的"中转站"。

19世纪20年代,魏源作《湖广水利论》引用了"湖广填四川"民谣,使这一运动进入全国民众的视野。鉴于"湖广填四川"对于中国历史、四川历史的重要地位和重大意义,也成为国内学界研究的重要对象,产生了一批重要的研究成果。其中,四川学者胡昭曦、陈世松、孙晓芬,重庆学者何智亚、蓝勇、黎小龙,湖北学者凌礼潮等为此作出了很大的努力。

这一课题得到了党和政府的高度重视。2006年1月,时任重庆市委书记汪洋即安排时任重庆市委宣传部常务副部长周勇研究这一历史,并对其成果作出重要批示"共产党是代表人民群众根本利益的,我们组织移民运动一定会比封建王朝更成功。这份资料是我请宣传部的同志帮助整理的,清政府的一些移民政策思路对我们仍有参考价值。请印送各常委及政府有关领导同志参阅"。

在党和政府的关心支持下,"湖广填四川"先后被立为国家和省级社科规划项目,进一步激发了国内学术界的研究兴趣。2011年7月23—25日,由四川省社会科学院、湖北省社会科学院、武汉大学科技考古研究中

▲ 最早的麻城孝感乡地图（鞠芝勤 摄）

心和湖北省麻城市人民政府共同举办的"明清移民与社会变迁——'麻城孝感乡现象'学术研讨会"，在湖北省麻城市召开。来自北京、上海、重庆、四川、湖北、江西等省市的学者出席会议，更是将这一领域的研究推向新的高度。

应该看到，这一领域的学术研究还有很大的空间需要深入推进，其中一个重要内容就是需要深化对区域性历史的研究，如"湖广填四川"历史研究中有关重庆的历史等。这对于重庆地方历史来说，是一个历史空白。

二

2013年国庆期间，重庆市地方史研究会会长周勇教授第一次到麻城寻根问祖。在短短的寻访中，周勇对这一宏大的历史感慨万千，也对重庆学界在这一领域研究的滞后深感责任重大。因此，他当即提出了合作开展"湖广填四川之重庆篇"研究的构想，与麻城的学者商议，得到凌礼潮等专家的赞同。回到重庆后，周勇起草了课题编写工作方案，与麻城学者通讯探讨，形成了共识。

周勇的倡议还得到了西南大学历史文化学院教授黎小龙、蓝勇，重庆市移民文化研究会副会长周庆龙先生的热烈响应。他们共同商议，把"湖广填四川与重庆研究"作为重庆市地方史研究会当前和今后一个时期的重要研究方向，联合四川学界，扩大研究范围，加大研究深度，通俗与学术并重。他们认为，填补这一学术空白，是当代重庆历史学界的责任，也是重庆实现在这一领域的研究后来居上的重要契机。

2014年4月，周勇率队访问湖北，与湖北学界进行了讨论，得到省委宣传部和省新闻工作者协会的响应。他们决定共同支持这一研究项目，推动在本省市社科规划中立项研究。2014年9月，周勇、周庆龙一行到麻城参加"寻根圆梦"孝感乡都旅游文化节，与麻城学者深入地讨论了第二子课题的研究方案，确定了分工，先期启动了研究工作。

2014年6月开展的"君从何处来——重走湖广填四川移民之路"系列报道及其产生的巨大影响，进一步鼓舞了周勇和重庆市地方史研究会开展"湖广填四川与重庆"课题研究的信心。周勇进而提出，在这一课题中，撰写两部著作：一部通俗性著作、一部学术性著作。2014年11月2日，周勇约请四川省社科院客家文化研究中心主任陈世松和重庆学者黎小龙、周庆龙深入讨论，形成了共识。

2014年12月7日，周勇在重庆中国三峡博物馆（重庆市博物馆）主持召开"湖广填四川与重庆研究"课题组全体会议。四川省社科院客家研究中心主任陈世松，西南大学历史文化学院教授黎小龙，重庆市移民文化研究会副会长周庆龙先生，四川学者李映发、刘安儒、苏东来，重庆学者岳精柱、龚义龙、梁勇、杜芝明等出席会议。

大家认为，开展"湖广填四川与重庆"课题研究，这是四川和重庆历史学界的共同责任。重庆学界与四川学界联袂研究，史学界、新闻界、文学界携手合作，这是传播正能量，学术接地气的创新之举。重庆学界尤其有责任在学术界，特别是四川学界深入研究、成果丰硕的基础上，努力把对有关重庆的历史研究搞上去，努力再创新，发挥后发优势，力争创造具有全国水平和影响的一流学术著作。

这一会议的召开，标志着2013年10月周勇提出开展的"湖广填四川之重庆篇"学术研究工程正式启动。

三

（一）课题工作目标

"湖广填四川与重庆研究"项目的总体目标是：创造具有全国水平和影响的一流学术著作。

下列两个子课题，撰写两部著作。

第一子课题：撰写一部学术性专著，2014年启动，2017年重庆直辖20周年时出版。

第二子课题：撰写一部以学术研究为基础的通俗性著作，2014年启动，2016年出版。

通过本课题研究及著作出版，使之成为：

——"湖广填四川"这一历史事件中有关重庆历史的学术性权威著作；

——承载当今重庆民众集体对湖广移民历史记忆不可或缺的普及读物；

——重庆移民后裔前往湖北麻城寻根问祖、追溯乡愁的寻踪宝典。

（二）第一子课题要点

主题：以重庆为载体，从整体史的视野来展现"湖广填四川"这一跨区域移民运动的壮阔场景。

时间：上限溯至13世纪晚期（元朝灭宋）以后，下限止于18世纪中期（清乾隆中期）大移民高潮结束，时间跨度约500多年。

空间：以当下重庆地域为载体，把重庆放在历史上这场西部移民大潮的宏观背景下进行研究，着力把握人口迁移的整体状况（不排除个案研究）、演变过程、历史作用。这就要求不局限于现今的行政区划，在比较中突显重庆在移民运动中的亮点与历史地位。

框架和结构：以编年史为基本线索，专题与区域相结合，力求突破和创新。

（三）第二子课题要点

1. 深入研究。这些年来，四川、重庆与湖北麻城学界已经出版了一批著作，已经具有了重要基础。尽管本书侧重于通俗性，但是仍期望在其中有更深入的成果问世，如一些重要姓氏的迁移经过，重要家族的谱牒

▲ 移民文化公园内的对称式建筑（鞠芝勤 摄）

传承等。

2.重在整合。不另起炉灶，不搞低水平重复，不炒冷饭，不浪费资源，而是以四川、重庆与湖北麻城学者的现有成果、现有资源、现有力量为基础，以研究项目为纽带，整合研究力量，整合研究成果，整合研究资源。

3.渝麻协同。目前，研究成果、力量、资源分散于四川、重庆与湖北麻城三地，因此，要从"湖广填四川"的若干历史著作中，把重庆史切出，把四川移民史、麻城移民史、重庆繁衍史结合起来。

（萧　涌）

传播篇

"君从何处来"千万阅读量的背后

从湖北麻城一路西行,溯江而上,穿越荆楚,抵达巴渝。重庆日报和重庆晨报联合采访组沿着这条入川移民迁徙路,重新体验了昔日先祖们迁徙的艰难困苦,感受到了他们的坚忍不拔。

这是一次主题报道,紧扣乡愁,为重庆直辖生日献礼;这也是一次媒体的"走转改",行程数千公里,披星戴月。从2014年5月30日到6月18日,近20天的行程和近百篇报道,回答了"重庆人来自哪里,去往何处",报道引发了市民心中的情感共鸣,唤起了重庆市民心中的乡愁。报道通过新媒体实现了跨区域传播。

传播广 阅读量上千万

近20天,辗转近4000公里,从重庆直奔湖北麻城,而后沿着先辈的足迹出发,途经湖北团风县、孝感市、安陆市,重庆巫山县、奉节县、云阳县、涪陵区、巴南区、綦江区等。

这张看似简单的线路图,对于采访团而言,也是一条付出辛勤劳动后收获丰硕的成果之路。

在半个月的时间里,两报结合各自的不同定位,每天以少则大半版或一个整版,多则数个版的体量进行报道,尤其在6月18日重庆直辖17周年当天,将系列报道推向了巅峰。其中,日报推出了4个版的"留住乡愁"特刊,晨报推出了8个版的"君从何处来"特刊。

据统计,在这一过程中,重庆日报连续推出了19组47篇报道。为达到更好的传播推广效果,重庆日报网络办微博工作室巧妙地运用新浪微

▲ 周勇95岁的父亲和86岁的母亲阅看"君从何处来"报道情况（郭金杭 摄）

博平台可以开设微博话题的优势，在重庆日报新浪官方微博平台开设了"君从何处来"微博话题，以类似报纸专栏的话题形式，将该系列报道制作成话题专题页面，以达到整合该系列报道的效果。同时，还采取向粉丝群发微博的特殊推广形式，从而实现吸引更多网民"眼球"、提高微博参与性和互动性的目的。

重庆晨报则推出了26组63篇报道，刊发文字近10万字，拍摄图片上万张，视频20多条。同时，系列报道还通过微博、微信、客户端、网站设专题进行滚动报道，成为了互联网的热点新闻。

立体式、接地气、有深度，日报和晨报的系列报道，唤起了读者的认同感，阅读人次超过2000万。

影响大　美籍华人看了报道去"寻根"

在重庆，"君从何处来"系列报道成了每天的抢手货；在网上，由于"浅入深出"地讲述了一段移民历史，"君从何处来"系列报道也成了深受网友欢迎的寄托乡愁的深阅读。

从2014年6月4日到17日，不到半个月时间，仅是重庆日报新浪官方微博平台，"君从何处来"微博话题的阅读量就已达到130.1万人次，评论849条。算上腾讯微博平台的数据，两大微博平台"君从何处来"系列报道的阅读量已超过250万人次，评论超过1500条，粉丝数增长上万人。在重庆日报新浪微博粉丝数仅有25万、腾讯微博粉丝数仅有17万的情况下，此次活动的推广效果实属不易。

重庆晨报966966公众呼叫中心的工作人员每天接电话上百个，很多市民表达了自己的想法，"从小就听老人说，我的老家在湖北麻城，可我们没能去这个令人魂牵梦绕的地方。晨报的报道让我们在重庆看到了麻城，看到了祖辈不惧苦难移民四川之路，让人感动万分"。

市民刘先生致电966966说："我看了重庆晨报'君从何处来'系列报道，我是'湖广填四川'的后人，现在我这里有很多珍贵资料，希望记者可以来采访。"范先生说："我看了重庆晨报'君从何处来'系列报道，我听说我们家也是从湖广迁到重庆的，希望记者可以联系我提供更多信息。2014年8月9日，我们将在南山举行范姓人士的见面会。希望晨报可以参与。"

微博上，报道在湖北和重庆两地点燃了网友的参与热情，湖北麻城政务微博群争相转发，据统计，新浪微博"君从何处来"话题浏览量达数百万人次，在讨论中，不少网友发表了自己的看法，比如，网友@羽林踏雪："好好研究下，为什么移民都说是来自湖北麻城？再比较研究下，短短时间内，地理对性格的改变何以如此之大"；网友@渐悟声："历史留下的痕迹永远在心中，麻城孝感乡记忆深处的地方！"

在国内有"湖广填四川"移民研究第一人之称的四川省社会科学院移民与客家文化研究中心主任、四川省社会科学院研究员陈世松表示，报道史料翔实，可读性强，且为移民史研究吸引了来自社会各界的关注。陈世松还特地收藏了重庆日报"君从何处来"报道的所有版面。

随着报道的深入和广泛传播，我们的报道还引发了其他国籍华人的"寻根"，其中在2014年6月10日，原籍四川的美国弗吉尼亚州乔治梅森大学现代与古典语文系中文部主任张宽教授，看到报道后，直接到麻城去"寻根"，并留下了"寻祖归根慎远追踪"墨宝。

获肯定　受到中宣部新闻阅评点评

对两家媒体的联手报道,时任重庆记协主席周勇给予了高度评价:6月以来,重庆日报、重庆晨报组织了"君从何处来——重走湖广填四川移民之路"大型采访活动,在重庆和湖北屡掀热潮,影响全国。这是今年以来,两报最接地气、最受平民百姓认可的新闻策划和采访报道之一,是重庆新闻工作者文化自觉与自信的新作,是献给3200万父老乡亲和重庆直辖17周年的大礼。

"每家报社的主报和子报基本都是独立运作。前不久,重庆日报和所属重庆晨报推出'君从何处来——重走湖广填四川移民之路'大型采访活动,为主报带子报、整合内部资源进行重点报道作了新的尝试。"2014年7月10日,中宣部新闻阅评专门对"君从何处来"系列报道做法和内容予以了肯定。

此期新闻阅评,报送了中央宣传思想工作领导小组成员、中宣部领导。

在这期标题为《重庆日报与所属子报开展联合报道一举多得》的新闻阅评中,特别指出,在7月7日召开的"君从何处来"报道总结会上,提到一个重要观点,即共同的政治标准,共同的价值观念,共同的文化理念,应成为链接一份主报与一份子报的魂。

长期以来,在一些报社存在主报讲导向、子报讲效益,主报管理严密、子报松松垮垮等现象,主报与子报同在一个大院却不相往来,更不要说相互合作。

新闻阅评认为,重庆日报与重庆晨报差异化合作,除了增加报道多样性、扩大报道覆盖面、提高报道影响力之外,还有几大收获:增进了学习交流,相互学习,取长补短;推进了融合发展,同一主题,各自发布,提升传播能力;实现了资源共享,相互借力,各有所得,具有事半功倍的效果。

（宋　岩）

君从何处来——重走湖广填四川移民之路采访纪实

"君从何处来"系列报道新闻研讨会召开

"这是一次文化宣传,也是一次精彩的主题宣传,是重庆新闻工作者文化自觉与自信的新作。"2014年7月7日,由市委宣传部、市新闻工作者协会、市报业协会共同主办的"君从何处来——重走湖广填四川移民之路"系列报道新闻研讨会在市委宣传部举行。

▲ "君从何处来"新闻研讨会现场(杨新宇 摄)

210

为挖掘重庆移民历史，留住重庆百姓乡愁，2014年6月4日至6月17日，重庆日报与重庆晨报联合推出了"君从何处来——重走湖广填四川移民之路"系列报道。两报均以较大体量进行报道，并积极开展报网互动。"君从何处来"系列报道，一时间引发街谈巷议，不但在重庆和湖北屡掀热潮，其影响也迅速扩大到全国。

在"君从何处来——重走湖广填四川移民之路"系列报道新闻研讨会上，与会领导、专家和采访组记者纷纷发言，对本次采访进行了总结和探讨。

重庆市委宣传部副部长　张永才

"君从何处来"这组报道从开始到现在，我一直是非常关注，基本上日报和晨报的报道我都读了，而且把重庆日报和重庆晨报收起来又认真读了一遍，很受启发。

感谢重庆日报、重庆晨报策划组织这么一个大型报道，我感觉是今年甚至是近年来非常难得的媒体合作的典型。这组报道是主流媒体宣传社会主义核心价值观的生动实践，是一次具有深远意义的走转改和文化报道创新，是全市媒体转型升级、品质提升的示范之作，所以我们这次报道值得充分地肯定和认真地总结。

这组报道的成功对我们以后媒体的建设，尤其是内容建设，有一些启示。

一是主流媒体的议程设置能力是我们媒体的核心竞争能力。热点话题的制造能力是议程设置能力的表现。我们现在在讲媒体融合发展，但是媒体融合发展核心的东西还是要回到内容，媒体融合发展就是要依托传统媒体，特别是党报，要依托政治优势，品牌的优势，文化的优势，人才的优势，强化我们的话题制造能力、议程设置能力，进而成为舆论引导的能力。

二是媒体发展始终要坚持思想领先。我觉得这次报道给我们很好的启发，就是要挖掘我们自己独家的新闻，不仅仅是素材，还包括独家的视

角、独家的思考。

三是我们的新闻媒体文化报道应该是内容的建设重点。我觉得在今天这样一个媒体竞争的环境下,其实文化是大有作为的。我非常关注重庆日报的文化版,它不仅仅是停留在一般的信息报道基础上,有很多深入的报道,就是对文化事件、文化现象有大量的解读性的、思考性的、评述性的报道,我觉得重庆日报这个方面做得非常好,当然还有潜力可挖。现在国家很重视文化的发展,文化产业要成为新的支柱产业,文化事业繁荣、文化体制改革都是当前热点,文化报道的空间很大。

重庆市新闻工作者协会主席　周勇

讲到"君从何处来",请问有什么意义呢?

我要说,对于重庆来讲,在媒体上大规模地报道"湖广填四川",这在历史纪录上还是第一次。我讲过三句话,这是今年以来,两报最接地气,最受平民百姓认可的新闻策划和采访报道之一,是重庆新闻工作者文化自觉与自信的新作,是献给3200万父老乡亲和重庆直辖17周年的大礼。

关于"接地气"。新闻工作是为读者服务的工作,也就是为人民服务的工作。衡量新闻成效的重要尺度就是人民的认可。

关于"文化自觉"。现在在有些地方,"文化自觉"成为套话,成为标签。两报的所为,就是"文化自觉"最好的诠释。

关于"文化自信"。这次系列报道坚持"巴蜀文化"主题,有利于发展山水相连、血脉相通、唇齿相依、亲如一家的巴蜀情缘,共同建设美好的中国经济发展第四极。这就是重庆人的文化自信。这就是一个直辖市党报和直辖市第一都市报的品位与品格。

关于"大礼"。直辖周年报道,年年搞,但今年不同,另辟蹊径,别开生面。

这件事情再一次启示我们:

一、在新闻策划的理念上，要善于把党性和人民性统一起来，找到党的机关和人民群众对新闻报道的共同兴奋点。

党性和人民性从来都是一致的、统一的。从本质上说，坚持党性就是坚持人民性，坚持人民性就是坚持党性，从来没有脱离人民性的党性，也没有脱离党性的人民性。

但是在新闻实践中，有的同志满足于完成规定动作，而忽视普通百姓的感受。报纸发了几大版，电视用了很多镜头，但是读者寥寥，反响平平。被有的人称为"谁写谁看，写谁谁看"。

而这一次的报道，从"乡愁"切入（习近平总书记在中央城镇化工作会议上讲，城市建设要"望得见山，看得见水，记得住乡愁"），上连中南海，下接百姓家，把规定动作和自选动作很好地结合起来了，把党的主张与群众的所思所想结合起来了。尤其是重庆日报，身为党报，在话语体系、版式编排、文字表达、图片解说，在唱响主旋律，贴近老百姓上迈出了一大步。

二、在新闻报道的主题上，要善于把中国梦与家国梦统一起来。

这是一次文化宣传，也是一次精彩的主题宣传。

从一般意义上讲，"湖广填四川"就是讲重庆人的认祖归宗。这个当然有意义，可以回答"我们从哪里来"的问题。但这还是浅层次的。更重要的是，我们还需要回答，"我们将往哪里去呢？"从国家民族的角度讲，"往哪里去"是明确的，就是"实现中华民族伟大复兴的中国梦"。因此，"湖广填四川"这个报道的主题就需要深化。

这个问题是在报道的过程中逐渐明晰起来的。有一次重庆日报和晨报采访我，我讲了我对这个问题的理解。

从个人的角度讲，中国传统讲有家才有国，爱国先爱家，所以"修身、齐家、治国、平天下"的理念已经融入中国人的基因之中。认祖归宗就是搞清楚自己从哪里来，这就是爱家、齐家的基础。

从社会角度讲，人人、家家都有归属感，社会才能安定、和谐。总书记讲，城市建设要"望得见山，看得见水，记得住乡愁"，就是这个道理。所以，"乡愁"事关国家、民族的凝聚力和向心力。

从国家的角度讲，有家才有国，有国才有家，这是相辅相成的。知道家乡、热爱家乡，人便有责任感，才能自觉自愿地建设家乡、建设国家、奉献民族。

这是中国人家国情怀的基础,也是今天实现"中国梦"的基点——每个人有爱家的梦,合起来就是爱国的梦,就是为国家民族振兴而奋斗的梦。

三、在新闻报道的方式上,把"要我走转改"与"我要走转改"统一起来。

"走转改"是组织的要求,为此我们组织了不少冠以"走转改"的采访报道。都做得好。但不可否认,要坚持下去,要坚持做好,还有很多事情要做。因为,"要我走转改"还是一些新闻工作者的心态。

这次我注意到,全部报道没有一句"走转改",但是,记者天天都在以"走转改"的方式采写稿子、拍摄照片,编辑天天都在编辑"走转改"的稿子、编排"走转改"的版面,老总们天天都在牵挂"走转改"的记者、运筹"走转改"的报道。报道组曾经邀请我和他们一起去麻城,启动这个活动。我也答应了他们,但因为工作原因,未能如愿。6月15日,我跟他们在重庆乡下跑了一天。这是一支略显疲惫之师,但是他们仍然乐此不疲地走田坎,进老屋,考遗迹,访百姓。我体会了他们的辛苦——每天一版,这需要多少精彩的好稿子,需要多少恢弘的大图片呀!这就逼得他们,天天采访,天天写稿,天天发稿,天天见报。鞠芝勤告诉我,这次的辛苦程度绝不亚于"五一二"(汶川大地震)。好在吃住有保障,这要感谢报社的支持。我们经常讲"走转改"。而这次,真可说,不着一字,尽得风流——你们真是体现了"走转改"精神的。

由于采自一线,报道必然精彩。这次的报道有五个好。

一是采访好。主要是比较深入;二是写得好。新闻点选得好,而且文字活泼;三是版面好。重庆日报最为突出,而且越做越好。除了日报是党报、大报外,更重要的是对新闻价值的认识大大深化了。在老百姓喜欢上迈了一大步。近一个时期,日报相当舍得在文化上用气力,花版面,这是文化自觉与自信的表现;四是照片好。这是晨报最为出彩的地方,尤其是航拍运用很好,大气磅礴;五是服务好。我认为,这个题材是可以常做常新的。我希望,接下来能把这次的成果用好,并继续发掘新线索。

重庆市报业协会会长、重庆日报报业集团党委书记　管洪

挖掘重庆移民历史,留住重庆百姓乡愁。这是我们媒体人的历史使命,更是我们这代报人的文化责任。当前,报业发展面临前所未有的严峻挑战,这次重庆日报和重庆晨报联合启动的"君从何处来——重走湖广填四川移民之路"大型寻根特别报道为我们做了一次有益的尝试。我认为报道给我们带来了以下启示:

启发一:改进话语体系,注重内容建设是报业生存的根本。

面对互联网的挑战,报纸今后赖以生存的"根"在哪里?我们认为仍然在于自身的内容建设。作为媒体,我们有责任关注这座城市几千年的文化,关注百姓的所思所想,为他们提供富含人文情怀的深度报道。

启发二:加强内部融合是报业创新突围的重要方向。

媒体融合,不仅仅需要传统媒体与新媒体之间的融合,更需要加快传统媒体与传统媒体之间的深度融合。此次报道是党报与都市报进行差异化合作的尝试,彰显了传统媒体转型的价值和决心。这种党报与都市报的合作方式,在重报集团历届大型报道历史中是首创,值得鼓励发扬。报道组采取了"差异化"报道策略。日报结合市委机关报的定位,要求新闻报道做出自己的思想和深度。如《寻找麻城,那个乡愁寄放的地方》《"寻根"改变一座城》及4个版的特刊报道等。而晨报的综合性都市报定位,则在版面上彰显了鲜活,与读者的互动性强。

启发三:坚持走转改,是提高新闻产品质量的根本保障。

我们认为,无论社会如何变化发展,受众永远需要第一手有价值的新闻,需要负责任有担当的媒体。这次的报道体现了重报人今年深化"走转改"活动的一种新尝试。

启发四:积极探索新的传播方式,是永葆报业生命力的强大动力。

此次大型系列报道推出以来,重庆日报、重庆晨报运用新浪、腾讯两大官方微博平台,利用互联网尤其是微博传播速度快、范围广、影响大的

优势,积极开展报网互动,取得了较好的宣传推广效果。

启发五:错位发展是报业融合创新的重要方式。

此次"君从何处来"系列报道应该说是一个主旋律题材,通常也是容易被读者忽略的。但这一次恰恰相反,受到了读者的广泛欢迎。只要我们错位发展,在"慢、精、深"上下功夫,在文化内涵上下功夫,纸媒在互联网时代一定会有自己的一席之地。这次"君从何处来"系列报道,坚持通过讲故事方式,开掘文化历史内涵,让重大命题有了亲和力,使得这个主旋律的报道充满了可读性。

重庆日报报业集团副总裁、重庆日报总编辑　张小良

当今,以网络为代表的新媒体对传统媒体特别是纸媒形成了强大冲击。纸质媒体普遍出现了读者数量下降,经营不断萎缩的困难局面。在这种情况下,"湖广填四川"大型系列报道能广受好评,这不是偶然,我认为其中有不少值得总结和深思的地方,特别有三方面:

一、精巧的策划。乡愁,是"寻根"意识的表现,是人心中最柔软的部分;记住乡愁,既是习近平总书记提倡的,又是老百姓的情感寄托,是当代人的集体无意识,容易引起众多成年人的共鸣。

纸质媒体要在"原创和深度"上做文章,以"原创和深度"应对网络的"快捷与海量"。抓"原创和深度"是党报记者的强项,因为党报记者有调查研究的传统,有密切联系群众的好作风。绝不是随便一个人,拿个智能手机就能做报道的。"湖广填四川"报道能取胜,首先就胜在有一个好的策划。好策划加上好操作,造就了这组"湖广填四川"大型系列报道。

二、纸媒与新媒体互动。在纸媒刊登稿件的同时,日报所属新媒体将该系列报道制作成话题专题页面,以达到整合该系列报道的效果。同时,还采取了向微博粉丝群发私信的推广形式。

三、联合作战。作为机关报的重庆日报和都市报的重庆晨报联合作战，互相学习，取长补短。正因为两家报纸通力合作，打好"组合牌"，从而收到了"一加一大于二"的效果。两家媒体已约定，今后，还将进一步推广这种模式，携手做更多的探索。

重庆晨报负责人　姜春勇

2014年6月初，重庆晨报联手重庆日报开展"君从何处来——重走湖广填四川移民之路"庆祝重庆直辖17周年大型采访活动。在6月18日的重庆直辖17周年形成高潮，晨报累计刊发版面23个，其中文字近10万字，图片上百张，拍摄视频20多条，微博、微信等上百条，重庆晨网还专门制作了集图文视频于一体的网络专题，通过新媒体集群的形式进行了全媒体传播。

回顾此次主题策划报道，给了我们这样一些体会和启示。

一、主题报道要勇于创新

重庆直辖17年来取得的经济社会城市建设的发展有目共睹，重庆已经是一个国际化大都市，城市发展备受好评。但巴渝文化的内核是什么？重庆的文化软实力的根基是什么？重庆人这种吃苦耐劳、开朗豪爽、幽默乐观的性格从何而来？我们的很多生活习俗为何与众不同？为什么很多老人都说我们祖先是来自湖北麻城孝感乡？这一连串的问号就是我们这次主题报道策划的出发点，使得这次报道符合都市报大主题小视角的原则。

二、是锻炼队伍、培养人才，践行走转改的一次成功尝试

这次采访也是走转改的一次生动实践。媒体第一次深入地对特定的历史环节进行了挖掘，比如宗族的祠堂、移民们走的水路和陆路等，很多都是第一次报道。

三、全媒体传播扩大了传播力

一次采集、多种生成、多元传播。每天微博、微信、网站滚动播放，网站制作了专题；拍摄了视频，同时和网友互动，吸引了大批青年读者，还有人主动提供自己家的家谱。

四、创新话语体系，转变文风讲好故事

我们用重走作为一个事件，通过重走，让这一历史现象变成今天的新闻事件。坚持当日采访当日发稿。晨报为报道定调为：乡愁情感、史实解密、讲述故事、新闻事件。这次策划活动之所以成功，我们认为，是抓到了新闻和情感的结合点。尤其是和日报"老大哥"的联手，是一次很好的尝试。

重庆大学新闻学院院长　董天策

2014年5月，我有幸参加了重庆新闻奖的评选，让我在较短的时间内对重庆媒体、新闻界有一个整体上的了解。出席今天的座谈会，听取各位业界同仁的经验介绍，更是受益匪浅。

我的发言可以概括为四个关键词：文化、策划、互动、精品。

第一个关键词是文化。对于报业来讲，除了时政新闻，能够留住读者的，还要靠文化内涵。随着传媒业的发展，文化报道早已成为媒体新闻的重要组成部分，而且往往是打动人心、留住读者的组成部分。"君从何处来"就是一个接地气的大型策划，着重从乡愁角度切入，能够从心灵上打动读者，引发共鸣。

第二个关键词是策划。要推出高水平的报道，策划非常重要。对重庆的抗战文化，包括重庆移民的文化，还有巴蜀文化都可以做好策划，做出大手笔的报道。

第三个关键词是互动。这是新媒体时代必须要加强的一个工作，当然这一次已经做了，从前期后期都还可以继续做，官方微博、网站、报纸，甚至电视，都可以进行互动。

第四个关键词是精品。我们可以通过网络数据的分析和挖掘,来把握受众的心理需求,遵循新闻规律,满足读者的需要。

西南大学历史地理研究所所长　蓝勇

看了"君从何处来"的报道,今天谈两点:第一点谈谈报道本身,第二点谈谈对纸质媒体发展方向的一点感受。

第一,目前展示出来这样一个系列报道,应该说对学术界带来了很大的冲击和影响。因为从湖广填四川的学术研究层面上我们已经做了很多工作,但是由于资料瓶颈制约,很多东西还不清楚。这次采访对我们以后的研究带来很多的启示。下一步我们的责任是强化研究,跟媒体合作,下一步的报道就更能接地气,更能够体现科学性。

第二,面对新媒体的冲击,纸质媒体的发展问题成为现实问题。应该把握住整体发展、错位发展的新思路,对深度阅读和思想文化的思考,可能还是要靠纸质媒体,不能靠新媒体。正是因为这样,就对纸质媒体提出了文化性的新要求。我倒觉得学术界和媒体可以相互促进。希望和媒体进一步合作,取得良性的双向的发展。

西南政法大学教授　赵中颉

大家知道,新闻和历史是相依相存、难以分开的。"君从何处来"系列报道正是重庆纸媒策划的一次新闻和历史的跨时空互动。新历史文化观告诉我们:"一切历史都是当代史、思想史、文化史。"我觉得,"湖广填四川"这类历史文化报道更深的目标是引导重庆市民珍惜来之不易的安定和幸福。因为,

只有社会的稳定才是人民的福祉。中国人民今后要永远免受战争、动乱、灾荒带来的移民之苦。所以,历史文化报道要引导读者立足当下,珍惜当今的幸福生活,才能实现中国梦。

长篇小说《填四川》作者　王雨

参加这个讨论会我收获很大。我之所以写长篇小说《填四川》,还得感谢我的老师周勇,他主编的《重庆通史》使我受益匪浅。我写开埠时期的长篇小说《水龙》和反映卢作孚的长篇小说《长河魂》(合著)。在写作这两部长篇时,查阅到许多"湖广填四川"的史料,看到了四川大学陈世松教授编著的《湖广填四川历史解读》,激情顿生,就写了《填四川》。

你们的报道,我最先是在凤凰网上看见的,说明影响之大。不光是重庆市直辖17周年的纪念,应该是一个"寻根"热的兴起。我觉得,还可以深入采访深入报道。闯关东、走西口、下南洋、填四川这四大移民,只有"湖广填四川"是政府行为,是当时的康熙皇帝下了填川诏的,有具体政策。这是一件值得重视值得大力宣传的大事情。

重庆日报前方报道组组长　周芹

为挖掘重庆移民历史,留住重庆百姓乡愁,2014年6月4日至6月17日,半个月的时间里,重庆日报以每天一个整版或大半个版的体量,连续推出14组27篇"君从何处来"系列报道。在6月18日重庆直辖纪念日当天,重庆日报又推出4个版的"留住乡愁"特刊。

我们成立前方和后方采访报道组。前方组包括3名文字记者和1名摄影记者,后方组则由重庆日报编委会抽调科教中心、要闻编辑部、网络办、摄影部的精兵强将组成。出发前,我们逐一走访重庆本地的"湖广填四川"研究专家。消化了大量专著及资料,并与重庆晨报采访组磋商后才定下采访线路。

出发当天,在一版刊登采访组跨省采访消息,并在后面的要闻版配发深度报道。次日起推出专栏或专版,刊发前方采访组采写的新闻,突出4个重点:故事性、趣味性、知识性及历史感。

和晨报做同一个选题,报道难度大大增加。怎样突出党报特色和个性?我们从以下三方面着手:

一、记者多学、多问、多采,迅速进入状态,确保报道突出知识性、历史性,充分展示党报的文化自觉和文化自信。

二、语言生动活泼,坚持"接地气"。

三、注重报道中的人文气息、思想性和深度。

我们不仅关注"寻根",也关注移民文化印记和沿途城市的改变。并唤起百姓的"乡愁",增进市民的文化认同感。

重庆晨报前方报道组组长　鞠芝勤

从2014年6月初开始,由本报和重庆日报联合发起"重走湖广填四川移民之路"大型实地采访活动。连续在重庆和湖北乃至全国形成良好社会影响,向公众揭开了古老的麻城孝感乡之谜。

由于采访安排的日程非常满,时间异常紧张,不但要赶路数百公里,还要深入乡下山区采访三四个点,有的地方汽车根本不能到达。文字记者熬夜写稿,摄影记者熬夜选图和编辑航拍视频几乎都是常态。所幸,大家团结一心,迸发出了巨大的战斗激情。

此次采访正是重庆晨报全媒体转型升级阶段,出发前总编辑姜春勇还专门做了全媒体采访动员指示,希望通过这次采访全面检阅、推广晨报全媒体在大型采访中的实际运用。事实证明这次采访由于使用了全媒体,收获了意想不到的效果。

重庆日报记者　郑昆

在这次系列报道中,前方报道小组和后方编辑记者的配合也是相当重要的,前者主要是抓鲜活的人与事,后方更多的是做深度、做思想,提档升级。我主要承担的是后方报道任务。

和前方记者相比,后方记者可能没有那么劳累,但是付出的精力也同样巨大。仅仅在撰写本报系列报道的开篇作品《重返麻城,本报记者昨日踏上寻根之旅》时,记者在之前就采访了大量专家,并且查阅了数十万字的资料。在前方报道不断发回报社的时候,后方记者往往也担负着核实稿件内容、在重庆补充采访等任务。可以说,这次报道的成功,是前后方报道小组共同努力的结果。

整个系列报道现在告一段落,但是,这并非意味着整个主题报道已经画上了句号。事实上,这只是一个阶段的结束,在接下来的时间和报道中,我们还将继续寻找新的线索,完成更多的关于"寻根故事"的追踪采访。

重庆晨报时政新闻部记者　郎清湘

在刚刚结束的为期半个月的"君从何处来——重走湖广填四川移民之路"采访中,我们的报道赢得了多方的高度评价。

然而,如何把几百年前的历史和今天"乡愁"意境下的现实结合起来?我没有涉猎过这种文化历史等综合类题材的采访,这些对我来说是考验。

▲ "君从何处来"系列报道研讨会现场（杨新宇　摄）

　　出发前，我尽可能做了准备，访问了何智亚、李禹阶等一批移民研究专家，同时，还购买了10多本移民研究书籍随身携带。

　　由于时间紧，任务重，半个月中每天的新闻还不能出现断档，压力很大。每天基本工作到凌晨三四点，甚至有几天写稿写到"想吐血"。

　　但我不能放弃，高强度之下，更要把新闻做好做活。只有深入基层才能挖掘出好的题材，通过采访，我深深地被移民艰难入川时的勇于进取和入川后的吃苦耐劳故事和精神所打动，同时，我尽可能地边采访边通过晨报官方微博、微信等新媒体形式进行传播。

　　通过这次采访，我深刻体会到"走转改"活动的意义：只有走基层更广、转变作风更深、改变文风更透，才能写出"更广、更深、更多"的好报道。

(申晓佳)

◎ 附 录

君从何处来——重走湖广填四川移民之路采访纪实

《重庆日报》《重庆晨报》报道版面摘录

寻根

君从何处来 重庆直辖17周年特别报道
重走湖广填四川迁徙之路

重庆日报 13
2014年6月6日 星期五
责编 张信春 美编 乔宇

川渝吴氏大多"根"在此
鄂东第一祠

● 一个宗族祠堂，为何能享有"鄂东第一祠"的美誉，并成为无数川渝吴氏后裔的寻根问祖之地？
● 祠堂特地建在河流旁，且大门与外墙有约30度左右的倾角，这是为何？

本报记者 周芹 陈维灯
见习记者 申晓佳
（发自湖北省黄冈市麻城市）

6月5日，一只小鸟飞过吴氏祠堂的屋顶。
特约摄影 谢智强

附录

麻城李氏祠堂：
重建也是一种"寻根"

本报记者 周芹 陈维灯 见习记者 申晓佳

青砖、灰瓦、红砖柱，雕刻的屋檐直指苍天。

这座鑫立在湖北省黄冈麻城市城区的中国古典风格建筑，在四周现代建筑的包围下分外醒目。它就是由麻城李氏人捐资重建的李氏祠堂。

"新祠堂是在世的李氏和祖辈以骄傲的，祠堂捏公的是李氏麻城捐款一位叫先辈李李人。"6月5日，主持李氏祠堂重建的李秀东如是说。翻他介绍，李氏八百年的李子位于本自己西带尖约麻城路氏八元年，氏故后定居在此。李氏八百年的八个儿子，长子李谷中定居麻城，次子李全中后氏近四四川。"李右中在四川府后约有50万人，他们和现在李氏是亲人。"

据历史麻城的李氏祠堂大门，方正的三进院落映入眼帘，是上的灰瓦、墙上的青砖利条瓦的雕柱，在麻城六月的阳光下熠熠生辉。

祠堂占地10亩，宽约30米，进深约60米。重建的李氏祠堂于2013年4月动工，至今已投入600万元，全部来自李氏后代的自愿捐款。麻城工地的外墙上用的其都还为了用砖瓦，不在当地仿造的青砖旧瓦。"我们的祖辈也就是这样做过来的。"麻城李氏文化研究会会长李秀东说。

李氏祠堂将于明年4月完工，在李秀东看来，这不仅是外出的李氏后人在麻城寻根访祖时的家园，"祠堂是一个家族的'根'，李氏后人越来越久远，重建祠堂也是李氏源之根，让李氏无论来自何方，走进祠堂就等于回到了家。"

---

1 建制考究
再现盛世繁华

湖北红安县八里湖镇东北邾陡山村（原属麻城市），丘陵与盆地交错，阿流纵横，风光秀丽。

被誉为"鄂东第一祠"的吴氏祠堂就坐落在这里。它掩映在青山绿水间，成为无数吴氏后裔寻根问祖的圣地。

6月5日，采访组推开吴氏祠堂厚重的大门，在雕梁画栋间，寻觅"湖广填四川"时吴氏先人们的足履履迹。

走近吴氏祠堂，门口两侧的红瓦碑阶堂堂，门前10余米处的小溪清流见底，淙淙潺潺。门前的牌楼，高高耸立，飞檐昂傲，牌楼顶层正中镶嵌着"吴氏祠堂"的匾额，两层依次镶嵌着"二十四孝"人物故事图。据《吴氏祠堂管所》工作人员吴慈勇介绍，牌楼上还对称布有拓墨的画面，栩栩如生的"八仙右图"，遗憾的是"文革"时间被毁。

拾级而上，看到的是宽敞的天井庭院和悬挂有"吴氏祠堂"牌匾的前堂。庭院中间有两根高挂的桂花树和两棵百年的腊梅树，前堂则正对着名为"观宗楼"的戏台。整修过的戏台建筑格局为歇山顶、长楣上下一体，不是最普通同，铜磬着石头人物。

最为引人注目的是观宗楼的楼檐木雕，难题的是光绪初年吴氏三镇的景多一百栋高高，吉林高高，立于辅次开出的房子之中，如同赖云落群、古林高高，分外雅目。江上船帆来往，千舟竞发：三镇被问之内有山麓，桥上人来如织。从人口的狮的中可以分辨出有学才子、官宦士子，工匠等各色人物，面容有包卷个感很，相栩如生。在同一块整理的整余画面最中分有几道，镜空的窗户可以骑人小伙，桥上栏杆人可用两指光起。江上涨中一般繁忙，不千人鲁慕意和休、被割摘得重推格格作，栩栩如生。恐怕将我们当时对这方"这个的神兽堂。"

观宗楼建制考究构精致，但是吴氏祠堂的核心祖在相应简的正殿"祭拜寻根本"，这是吴氏举行家祭之地，也是吴氏祭祖者寻根祭祖敬拜神位之地。

拜殿正中摆着一大帛赐画有朱雀，上面供有吴氏列祖列宗的牌位。按世祖先后分上下排列。居上方正中一块又义又厚，排在最上面的一块，就是吴氏家族"一世"祖、大帛赐开家上方的老先祖。

吴慈勇介绍，逢年过节，此处烛烟紫绕，香烟缭绕，供品不断，族人如织。在此朝拜的吴氏后裔除麻城本地各处，过年这从川渝地区不远千里赴来朝拜的也越来越多。

---

2 两次失火
能工巧匠两年重建

如此精致考究的吴氏祠堂始建于何时，又以何人所建？

据《吴氏族谱》记载，该祠始建于1763年（清乾隆二十八年），不幸后1871年重建（清同治十年），但没过多久又毁于大火。

1902年（清光绪二十八年），陡山村有吴氏兄弟二人生外经商有经营，决定现址重修祠堂。数他们弟兄俩捐银8000两，族中有钱的吴氏族人家祖银千两，共计1万两，揭开此线的历次经的一个重行。经过精心设计施工，终于建成此凝聚几十世匠心的完高祠堂。

相相观察，会发现吴氏祠堂的大门与外墙有约30度左右的倾角，这是为何？

"是为了防火，"吴慈勇介绍，在1902年建堂时，鉴于前两次祠堂毁于火灾的教训，曾请风水先生反复观测，力求水位。同时，祠堂特地建在一条阿流旁，为了防火，也为了方便运输建筑材料。

门前那邪偏的水池，在当年居然能够运输建筑材料？

"当年最聪明堂堂，这阿可宽了。"作为吴氏后人，吴慈勇常听老辈们提说祠堂的故事，"据说建祠堂的木料，都是从大水冲下来的的，即是汉水、长江沿岸的大水大水冲流下来的。"

经过考证，当时的工匠确实考虑到让工厂可与供水季节同步，这样建祠堂需要的庞大的木料及大笔重的石料才能顺利地通过水阻运抵祠堂工地。

如此聪慧的工匠自然乐于祭天之策，他们当时当地最负盛名的白家石匠班子，这家班子专注当地为"江、吴、程、胡"四大族中的瞿广班房子、木匠班子石头要事，是闻名两湖（湖北、湖南）的"黄李帮"，这家班子在整个红安县（湖北）也仅仅做过吴氏祠堂一家。

建造吴氏祠堂的材料也是定制的。石条请当地最艺最高的匠师傅到石头要重且打造；青砖到别让最有名的灶窑自上好材料定做，还特地在桕山树上栓了"吴氏同堂"字样，以防有人贪污。"当时没有水泥祠堂，就在工地一溜搭上几口大锅，祠堂是用的是不错的糯米啊粥，我们的祖翁在这里……"

自家石匠师子和"黄李帮"通力合作，整堆花费了两年时间，才将吴氏祠堂重建完成。

6月5日，吴氏祠堂正门全景
特约摄影 谢智强

---

3 寻根问祖
川渝吴氏多从此处来

今天，吴氏祠堂已成为无数吴氏后裔心之所往之圣地。

2012年的夏天，"寻根旅游"火遍大江南北。有一位旅人在红树林下吴立乡村村，极度疲倦的脸上却难掩兴奋的神情，汗水从脸滑落，滴着在怀中厚厚的《吴氏家谱》上。

"兄弟，从哪来？"对于到此寻根问祖的吴氏后裔，吴慈勇都要亲切迎送。

"四川宜汉，家谱记载是湖北麻城迁过去的……"吴人，有意识无论，"我叫吴福权，找了很久，都没找到。"

"找到了，找到了，吴达，吴氏正四川。"吴氏高兴得像个孩子，抱起热情的吴慈勇就转，"我们的祖我在这里……"

吴福权发生着背并的父辈们找到了自己的线索，吴氏后裔氏寻根问祖的故事却浓缩在寻根问祖的故事上。

郭季芝，明朝成化年间，湖北黄冈府麻城县县人乡，湖北郡江，同治年间，因族谱家事升约分中，重庆、成都府住，晚年定居口南。长子吴槐安忠是中书铃承，孙子吴敬启，明时为周宗廉。次子兄明，明代进士，三子吴众余，明末同族之后迁徙入川三子东贵、江湖南、云南等地。留下吴兴隆一枝住留中县新、鱼果等高。均已一百四十余。

川渝地区的吴姓支派，大部分是清朝同治乾隆（1772年），大量吴氏先民从湖北麻城城经县城麻城人江地入了，其子孙散居简阳、德阳、简阳、合川、铜梁、路路、江津、陈江、壁山、云阳等地。"他们池大多数处商川入大支系数以千计，麻城市地方志办公室副主任程朝分介绍。

这些进入川渝地区的吴氏后裔，在巴蜀大地上生生不息，成为当地人口重要的组成部分。

浏览量超过30万人次
转发评论量过千
本报寻根之旅
引发网友乡愁

本报讯 （记者 郑苏）6月6日开始，在本报同重庆晨报联合举办的《君从何处来——《重庆直辖17周年特别报道 湖广填四川迁徙之路》大型采访报道风头之后，在社会上引起巨大反响。根据本报网络新闻统计，两天来，本报官微搏这关于本次采访报道的微博阅览量已超过30万人次，转发评论量也已过千，网友们也纷纷通过多种多方方式抒发自身情感。

重庆是一座古老的移民城市。在清朝初期"湖广填四川"的移民运动中，祖籍为"麻城孝感"的众多湖广人移民在定居在重庆发展繁衍。本报报道一经刊出深受重庆"湖广填四川"活动，牵动了重庆众多移民后裔的心。

网友"牧童唱着看"在微博中评论：故乡的先辈来到了这里，我又来到了这里，不一样的经历，一样的结局。我是湖北麻城人，我在重庆。

更多网友则在微博畔讨中留言一字字：寻根问祖门移民自身的巨大心愿，有机会的话，他们都愿意回到麻城祖地一看。

更多大批采访报道感动过赢得了专家们的一致肯定。市人大常委主任、孙人大教科文卫委员主任委员高斌，市门市也年度周青表示，这次采访报道"浓墨重彩，饱心大气，满足了寻老人多老的亲情之举，展现美丽中国的新面貌，在重庆祝愿庆直播的大心。它们祝愿发发"新闻视角，更多发挥报纸地报道'梦里湖广、麻城孝感'感觉重庆"，歌舞县报，告慰先人！"

君从何处来 —— 重走湖广填四川移民之路采访纪实

拨开岁月迷雾 寻找梦中故里

重庆直辖17周年特别报道
重走湖广填四川迁徙之路

重庆日报 2014年6月16日 星期一
编辑 袁文蕙 美编 陈虹

这是一个重庆人11年的寻根故事。
没有家谱，只有口口相传的字辈，怎样查证入川始祖从何而来？
走乡串户，好不容易找到记载家族历史的两截八棱碑，但其后两截碑却不知去向，怎么办？
赶赴八棱碑上记载的"孝感乡"，只有始迁祖姓名，没有迁徙时的小地名和时间，他能找到乡里，寻到乡人吗？

本报记者 周芹 陈维灯 见习记者 申晓佳

2003年，巴南区惠民街道龙凤村三合土社，被当做水缸的半截棵棵的八棱碑。 张华州 摄

一段八棱碑拓片。 张华州 摄

"老周，有线索了哟！来看看嘛！"
6月14日一早，61岁的周先生又接到了那个熟悉的电话。他没有丝毫犹豫，立马开车奔向巴南区惠民街道龙凤村三合土。
出门时，老伴递过一把伞，"天气预报说今天有雨，小心点，乡里路滑。"
老周点点头，匆匆下楼。
让他如此匆忙的，是一条有关"寻根"的新线索——巴南区惠民街道龙凤村党支部副书记周启荣说，找到了一位了解八棱碑详细情况的80岁老人。
"寻根"11年，老周已经成了龙凤村的常客。

1 "八兄弟从麻城孝感乡长途跋涉而来" 爷爷的口述如何查证？

周先生出生解放碑，是地道的重庆人。
他决定"寻根"，始于2003年，那年，他50岁。
"但并没有几个人看好他，反对理由无一外乎没得家谱，难道你只靠传下来的字辈去寻根？"
老周据其爷，他记得小时候爷爷总对他说，周家清朝年初从湖北省麻城县孝感乡迁来重庆，入川的第一代始祖叫周凤美，和七个兄弟一起来的。"爷爷说老家有块八棱碑，记载了当年入川后8个兄弟分家的历史。"
周先生说起，"寻根"，先寻从老家移至爷爷的出生地找起。爷爷上世纪60年代就去世了，怎么找得爷爷的出生地呢？
"爸爸的坟前说该是爷爷的出生地！"周爹勇翻开父亲的户口簿，祖籍一栏写着"四川省巴县长生桥惠民乡三合土"。今天，这个地方就在巴南区惠民街道龙凤村三合土社。
他在巴南区地方志的办公室查到，"三合土"的地名几百年没变化，这为他提供了准确无误的地址。
于是，他开始"寻根"。第一站是重庆的老家：三合土。

2 寻找到记载八兄弟分家的两截八棱碑 碑上记载的与口传的是否吻合？

在三合土寻访时，周先生听老人提起周家的"八棱碑"。
老人口中的八棱碑，是一块近3米高，横截面为八角形的高大石碑。石碑上有微微拱起的顶盖，顶盖上有明显装饰，像华盖一样遮住碑身，顶盖下面有四根一尺见方的柱子，连在石碑的基座上，样子很是大气。
"老周找到时，石碑就被掩埋，连基座和顶盖一起共有无影无踪。"
"老人们都提到，碑上'密密麻麻，刻满了字'，而且有'周''祖'等字样。但在'破四旧'时，石碑被推倒，连基座和顶盖一起共有无影无踪。"
"碑上记载的应该是一部整整的家族历史。"周先生敏锐地意识到，即石碑这种方式记载过他史的很少见，"有学术价值，一定要找到。"
怎么找？
为此，他用了一个"笨"的办法：挨家走访。龙凤村三合土社有近百户人家，他跑起来就是十天六十个门口。"
功夫不负有心人。4月20日，在一户农家的乱草堆里里，他看到了一个高约一米，八面棱角，刻满字的短粗石头。虽然光线阴暗，他的心还是砰砰狂跳："难道这是八棱碑的一部分？"
挖开浮土，这是一个抹米的石臼，外面刻着一些字！借助手机的光亮，他仔细看上面的刻字，眼眶顿时热了：在四个大的楷书大字"含族数宗"的"宗"字下，竖行小字分别写着"高祖周廷江""廷"字和"朝"字，正与口传的周氏入川祖先的"奉启延朝"字辈相吻合！
"这肯定是老周说，八棱碑被推倒切成几段，被农户搬家里了，"周家很欢喜，周先生提议发现了另一段八棱碑"三合土社居民，还家族兴旺，分家发财，为了不忘根本，慎终追远，树了这座八棱碑。"
"只可惜，因为长期被用作水缸，水的侵蚀使上面的文字很多看不清了。"周先生叹息道。

3 好不容易找到的两截八棱碑又不翼而飞 还有一截有无文字记载？

终于找到了八棱碑的两截，周先生既激动，又疑惑："近三米高的八棱碑，不应该只有两截加起大约两米高的碑体，肯定还有一截！"
从2003年到2009年，他继续走在三合土社的小路上，但来来回回有多，始终没有新的进展。
2009年，在当地干部群众的帮助下，龙凤村将两截八棱碑拉到村委会办公室保存起来，准备今年去看时，又不翼而飞。
值得庆幸的是，2009年，巴南区文物管理所知道了这个情况，由所长黎明同志把周家八棱碑上的文字完整拓了下来。从此，原碑虽无，但拓片长存。
据拓片记载，周家先祖三百多年前来到当时的四川省巴县长生桥惠民乡三合土社居住。后来家族兴旺，分家发财，为了不忘根本，慎终追远，树了这座八棱碑，刻下了家族入川的历史。

2003年，巴南区惠民街道龙凤村三合土社，被当做石白的一截八棱碑字迹清楚可见。 张华州 摄

但由于时间久远，石碑已残损，文字并不完整。周先生为此非常跑当村干部的周启荣联系，希望找到知情者人，了解清楚。
6月14日，周启荣的电话打来了，"有位老人知道竖立石碑的准确地方。"
周先生赶到龙凤村三合土社，跟着周启荣到一个农家院坝。有100多年历史的老屋已经摇摇欲坠，门上早春两个点点，大门上最看用于碎瓶的"存口"面具。老屋主人80多岁，耳朵已花，走路要人扶着，但记忆力却糊糊如故。
"八棱碑以前就在我这老屋背后的竹山！"张上六起身带领周爹爹来到屋后山行的竹林里，指着一堆残存的石头说，八棱碑以前就立在这里，后来即来还有三座周家的老墓。如今，这里杂草丛生，旁边是一条新铺的水泥路，早已看不出当年八棱碑的痕迹。
"老邓子，八棱碑有好大？"周先生同道。
"大约，八个棱，一面有一尺宽；四个石头柱子，也有我家的门柱那么粗！"张上元用手比划着。
"那你看，碑上的字是是这些？"周先生打开笔记本电脑，给张上元看自己收藏的拓片。
在拓片上，棱向自右向左"含族歌宗，垂之永远"8个大字；而在"垂"字下方又有三个垂字，合起来是"垂远故乡"，每个大字下方都有一段竖向的小字，记载着人名，地名。
张上元跳起眼睛，凑着拉点头。
在"合"字下方，"孝感乡司跟……三合土"清晰可见，周先生指给张上元看："您看，这就是我的祖籍。我想知道，八棱碑有没有第三段？"
"有，但是上面的字，""张上元肯定地回答，"我从小就在这竖上长大，经常趴过八棱碑。"他告诉老周，"破四旧"时，八棱碑被切成了三段，一段是碑匣，可能被挪作了松子了。
听到他这样说，老周终于松了一口气，"既然八棱碑的第三截没有文字，那我可以确信，我家的祖籍，就是石碑上记载的'孝感乡'！"

4 两次赴麻城寻亲 为何都无功而返？

2013年10月国庆长假期间，周先生开着汽车，赶到始祖迁徙的地方：今湖北省黄冈市麻城。老周的举动得到了何智宜和重庆市历史文化名城专业委员会的支持和帮助。
"查阅大量资料，今天的麻城市就是当年的孝感乡所在地。"为寻亲，周先生做足了功课。
到了麻城市，市地方志办公室主任钟世洪，副馆审孝感寻根办主任邓口民等把他和纽约麻城市文化研究中心、麻城市"湖广填孝感乡现象"研究会查阅周氏家谱。
但当中心主任锁研究会会长杨礼鹏把他进家谱查阅室时，周先生犯难了。四壁的书架上，各色封闭的家谱绑在麻绳当上；书架上有13支、家谱百余册。自己在放假期时间，他只翻阅了部分家谱，没有找到他祖"周凤美"的名字。
凌礼鹏对赴麻城为人的心情十分抱，带他走访了当年"孝感乡都"高岸河移民码头头、寻主捆、移民博物馆等，还从识了"农民专家"刘明清。由于八棱碑已经残损，文字无法找到迁往的小地名和具体时间。加之麻城是麻城土城，分支太多，找起来犹如大海捞针。后来，周先生又第二次去麻城查找，但最终还是普通感到到重庆。
让老周欣慰的是，这次重庆日报、这次重庆日报"君从何处来"报道指在麻城采访时得知，麻城正在对收集的家谱进行数字化处理，将建立一个家谱数据库，将来，或许能够通过电脑比对，老周就能找出先祖的蛛丝。
"寻根是梦，故里是情，我已经找了11年，还会继续找下去！这是一个家族的历史，更是一座城市的一份文化遗产。"说这句话时，周德勇脸上，充满了期待和坚定。

相关链接 巴南区与"湖广填四川"

巴南区与"湖广填四川""移民长存在。九成以上居民都是"湖广填四川"移民后裔。据巴南区档案管理所所长黎明介绍，在2008年的全国第三次太地普查中，他带领调查了900多个巴南区的古墓，发现99%以上的墓主上都有为什么先祖自江西来的，江苏等地的记载。

留住乡愁
重庆直辖十七周年特别报道

> 让居民望得见山、看得见水、记得住乡愁。
> ——习近平

2014年6月18日 星期三

乡愁 一段无法割舍的眷恋

本报记者 郑昆

乡愁是什么？对于故乡的眷恋而已。

从古至今，这种眷念无可替代——有惆怅、心酸与无尽感触，也有思念、追忆、激励与无限希望。

在中华五千年的文明中，因为乡愁，我们听到了汉乐府的《悲歌》——"悲歌可以当泣，远望可以当归"，我们听到了李白的低吟——"举头望明月，低头思故乡"，也听到了高适的浅唱——"故乡今夜思千里，霜鬓明朝又一年"。

因为乡愁，在抗战时期，我们看到大数ि家唱"我的家在东北松花江上"，与日寇拼命厮杀；因为乡愁，我们因余光中的小诗而无语凝噎，"小时候，乡愁是一枚小小的邮票，我在这头，母亲在那头；长大后，乡愁是一张窄窄的船票，我在这头，新娘在那头；后来啊，乡愁是一方矮矮的坟墓，我在外头，母亲在里头；而现在，乡愁是一湾浅浅的海峡，我在这头，大陆在那头"；因为乡愁，我们听到"让居民望得见山、看得见水、记得住乡愁"的话语之后，有一丝丝的感动……

重庆是一座古老的移民城市，跋山涉水，不惧艰险，忍辱负重，开拓创新伊据民精神，至今在这座城市的血脉中流动。近半个月来，本报与重庆日报报业集团所属的《重庆商报》《重庆晚报》《重庆晨报》《重庆时报》《都市热报》《健康人报》等7家大型采访报道在社会上引起巨大反响。在重走这条先民迁徙路线的同时，我们感心的感受是，近些年来"寻根"与"乡愁"蔚成热词。

乡愁，对于如今的我们，到底意味着什么？

1. 魂兮归来望乡台

清朝初期的湖场"湖广填四川"，直接奠定了近现代重庆发展的基础。市移民们顶下的遗迹，如今遍布巴渝大地。江津支坪镇真武场那座的望乡台，就是其中之一。

真武场曾经是清初客家移民在重庆的重要聚集地之一，而在客家先民当初背井离乡的时候，很多家族中的长子或其他男子会被开垦先民的坟墓，检起祖辈的骸骨，装在随身携带的陶罐里，高地带到了四川。因为他们觉得，此行一去不知何日是归程，只有离祖辈远一起。

此外，在漫长而艰辛的跋涉中，客家先民殁病而死，风餐露宿，尽管团结自救、自强不息，仍不可避免地会有不测的死者被随手埋在途中。对于这些 殁的死者他们没有过多的留恋，对于是第一次埋葬草率而匆忙，是基于对 死者后对祖先的极度不尊重的所以，等到安定下来之后再寻找途中亲人的骸骨，带到新居地进行隆重的二次安葬。

台下下面的陡坡斜土坡，就是一片故垒。

清朝嘉庆年间，真武场在张家寨山上的望乡台下，正是客家先辈们安息的地方。后来，吴等家的陈情门下，在寨外之上修筑望乡台，若是做家后代人过了重阳节后仍然要上重阳"登台"的"坟山"上，好让死者的灵魂就近登上望乡台。如今，这座望乡台已经成为我民，除了殿内和台、坪、墙和胡正的神像被模做外，其余部结构保存完好。台下下面的陡坡斜土坡，就是一片故垒。

"一步踏祖鬼"关之，二步走上黄泉路，三步送上望乡台，阳间家人笑哀哀……"站在望乡台上，念起这片的谚语，对江津移民民保石研究中心、江津区文广新局副局长陈国顺有些惆怅，他了这位"活地图"同的希望就此转向的手中。

迁桂到江津的各分客家人的九辈，满魂都归依于此。故乡，对于他们来说，是一个熟悉而又陌生的字眼，只是他们踊跃而成寻了这里，再也没有他们回去。

回望故乡，保寻祖籍的任务，显然就交到了后人们的手中。

2. 认祖归宗不留憾

2008年春，四川省北川县的刘氏家族祖出几代再到湖北麻城"寻根"，在当地人的热情帮助下，终于找到了祖坟所在。一行人激动不已，跪倒在祖坟前嗑响起：死也值了……

一语成谶。在他们激动喜地回到家乡后不久，震憾世界的"5·12"大地震发生了，前往麻城的这几个"寻根"者，在这场突难中全部遇难。

这段记忆，在湖北省麻城市孝感乡移民后裔寻根同祖联络站长刘明西的脑海中，一直挥之不去。"我难道了一个人，唯一有告慰的是，在认祖归宗之前，他们去的时候，可能会少了一些遗憾。

"祖籍在何方？麻城孝感乡。"如今，"麻城孝感"这段"湖广填四川"移民运动中的重要文化符号，被川渝两地的移民后裔看作是"回归"的终点，作为麻城县移民同祖联络站的站长，刘明西全心投入孝感乡寻根，迎来送往。副教授、先后大大修的清明会、湖北麻城孝感乡正到四川填湖边、在互联网上看到"君从何处来"系列报道后，张家庄来走汉进行文学交流的机会，专赴四川来到家乡"寻根"，希望能借助刘明西的帮助找到这里也没法的先祖。

"最近十年，我接待的前来"寻根"的人，少者每年4000人，其中均有1/6来自重庆。"刘明西说。

到麻城寻根同祖的人在逐年增加，但是由于收费各件费用，到麻城的见到家人或能抱的，不到10%。但是是在这种同样的过程中，体现的是一种情工。

涪陵区的赵立民，从小他对父亲说祖辈上来自麻城孝感，他在2012年迁往麻城最后的"寻根"，但是最终无功而返。但是镇能感染祖姓，他不冤妄退让："至少我的努力去找过了，现在麻城没有结果，但是我告不放弃了，下一步以后老有余的话，继续多留意一下这方面的信息，因为我们的"根"在那里。"

在麻城市文化研究中心主任谢礼麻看来，人活在世上，都会问：我是谁？我从哪里来？移民还原友乡，这是人类最基本的情感之一。"捐香登远寻根，一代一代地下去，是不少"寻根"者的愿望。即便这种追寻暂时没有结果，但是他们在这个过程中找到了精神寄托。

3. 一脉相传未敢忘

自从2006年修复之后，位于长江边上的重庆湖广"会馆一直都人如织。

49岁的岳精桂坐在这里上班，现在很多时候，他坐在古色古香的办公室里，看着游人一波又一波地从门前经过。对于这一切，他感受着。

"寻根"，就是说，在湖广会馆是一个湖广移民后代记忆的归宿。"无论是族谱记载，还是口口相传，找到"寻根"成了都是在找到其的一种情性记忆，换句话说，即使他是了不和睦的难，都是真好的。那是一种睹物寄了的情感，会起到激励子孙的作用。"作为重庆移民文化研究会会长、湖广会馆管理处研究员的，岳精桂对于历史有其独到的见解。

他的身份中，还有一个是"避免难"。改往"乐"的。说起岳家，岳精桂语气不绝，"日本、韩国以及台湾，都有我们的宗京会馆，每年都来祖籍过祭。

我自己觉得每到回湖北去祭祀祖地。大家在一起的时候，会更强的时候过望家团亲情在其间。"

如今，岳精桂还是重庆市"文化交流协会"秘书长。这个同姓组织，也非联起了重庆的诸多名义"岳奇者"，就像一家人，互相互相。"

一脉相传的亲情，让很多不到不相识的人走在一起，2010年，奉节奥氏家族事会会长邓隆平带着老奥谱，和4位家人到湖南回归家乡，之后，他们推导了奉谱谱后定，开始修订了《邓氏家谱》和《邓氏族谱》的建设。

翻开《邓氏族谱》第325页，这一节题目写"爱心传递"，密密麻麻地记录着邓氏族人互相互相的情谊。公平镇的小伙，平方县的邓平春，家庭困难，上不起小学，学子免费回助各60元；奉节镇桥的邓庆阳，在残废回归后，获捐助3500元……

"放前没有发展就之前，我们已了解决，族人家庭幸福，社会才和睦！"《邓氏族谱》编委会负责人邓隆平说。

4. 乡愁何处可安放

乡愁，是一根纽带，把各个家族的后代维系在一起。

在西南大学历史地理研究所所长蓝勇勇来，乡愁反映组把这种能如何更大的作用，"它把个人与民族、国家紧紧地联系在一起"。

为什么这么说？他认为，乡愁不仅仅是游子对亲人的思念，对家乡的留恋，也是对一方水土人情永难割舍的眷恋。

"目前来说，除了对青山绿水的翘望与回归，乡愁反映了人们对乡村社会的一种追求与回归，恪实守信的人际关系和社会秩序的倾向。现代社会，不孝顺父母，不赡养老人的新闻屡屡报出，大家更不能'见友忘弟、敬老忘亲'的'礼法'之外。

对于蓝勇的观点，岳精桂也有同感。"通过"寻根"，保持对人们对乡土社会的历史文化认同，摄就过历史和身边的人和事，更要认识到社会的历史文化传承与变迁，由此得来的心灵文化上的慰藉即使为记忆，国家因为我们的根"，我们会发现大家都是一个家族，由一个故乡来。有了对故乡的认同，才会对对国家认同的爱。国家，其实就是一个放大了的故乡。

市人大常委、市记协主席周勇也指出，"乡愁"要关注家园、民族的凝聚力和向心力。"知道家乡、热爱家乡人、从爱我们家乡民族的好的、是国家民族团结的基础，是实现中国梦的基础——每个人有家乡情，合起来就是国家民族复兴的中国梦。

多想一切可贵的细节，保护历史的遗迹，保持历史可的道路上，凝聚力的松散，今人振奋。"通过"寻根"，我们能把'乡愁'中找到归属。

策划 张红梅
主编 牛昌祥 吴国红
美编 黄小川

227

君从何处来
重走湖广填四川移民之路采访纪实

庆直辖大型实地采访 重走湖广填四川迁徙路

开栏语

我们从哪里来？这个问题始终追问着每个人。

据考证，今天的重庆人，多数是"湖广填四川"迁徙百姓的后裔，"湖广填四川，麻城占一半"，所以我们选择湖北省麻城市，作为此次实地采访的起点。数百年过去，祖辈们念念不忘的麻城孝感乡今在何方？如今变成了什么模样？

端午节到时，重庆日报、重庆晨报联合启动了"君从何处来——庆直辖、重走湖广填四川迁徙路"大型寻根特别报道，重庆晨报派出了一支由5名记者组成的报道团队，奔赴湖北省麻城市，为重庆人寻根。

此次体验式的大型"寻根"报道，每天将通过重庆晨报、重庆晨报官方微博、官方微信、重庆晨报网全媒体立体式的滚动报道方式，重访先贤的填川之地，航拍麻城、直击现场，溯江而上寻访历史，重读浩浩荡荡迁徙史，告诉你一个不一千公里之外真实的迁徙之都麻城，还原三百多年前浩浩荡荡、跌宕起伏的迁徙故事，以及一个个感人至深的现代寻根故事。

如今的麻城。 本版图 / 重庆晨报特派记者　鞠芝勤　胡杰儒　实习生　苏思

现代重庆人，乡关何处？

重庆日报重庆晨报联合启动"君从何处来——重走湖广填四川迁徙路"大型系列报道

特派记者　郎清湘　范永松

重庆湖广会馆中的湖广填四川移民博物馆，如今成了查询乡关何处的好去处。

博物馆二楼展厅中的一本本族谱，一本本民族志，体现出他们对祖籍地的怀念。

"在清代初期到中期，以'湖广填四川'为代表，遍及中国十几个省的四川的历史大迁徙，真正奠定了现代重庆人的根基。他大多数重庆人都是这次迁徙百姓的后裔。"对这段艰辛的历史研究多年的市政府原副秘书长何智亚说，在重庆这座城市的历史上，从公元前316年秦灭巴蜀到抗战时期国民政府迁都，先后有六次对重庆具有重要影响的迁徙。而湖广填四川就是最为有名的一次。

战乱
清初重庆府不足 3 万人

巴渝大地曾流行着这样一首古老的童谣："三百年前一台戏，祖祖辈辈不忘记，问君祖先在何方，湖广麻城孝感乡。"

"族源的根系往往是一个古老而长青的话题，像一颗深深埋藏心中的家族血缘与文化种子，在遇到合适的土壤与空气、雨水，就会生根、开花，发出嫩绿的苗、娇红的花，产生一种寻根的冲动。"四川大学历史文化学院博士生导师李禹阶说。他曾著有《重庆移民史》，对重庆迁徙现象的研究颇有造诣。

根据族人相传的历史、古老的童谣、族谱的记载、县志的描述、学者的研究等相互交叉印证，今天的多数重庆人都来自"湖广填四川"的迁徙中一个至关重要的地方——湖北"麻城孝感乡"。

"长时期大规模的战乱，以及战乱带来的饥荒、瘟疫，是造成四川人锐减的主要原因。"何智亚说，从明朝天启年间(1621年)到清朝康熙二十年(1681年)一甲子的岁月中，官府、叛军、农民军、土匪等之间的战乱一直在持续，给四川造成了前所未有的破坏和深重的灾难，以至于出现了"全蜀大饥，瘟疫大作，虎复横行，乃至人自相食，赤野千里，数百里无人烟"的惨烈情景。

经考证，清初，重庆府辖区有 14 个厅、州、县，人口仅有29833人。

迁徙
百年人口激增至 372 万

为恢复生产、安定民心、巩固政权，清朝廷多次下诏书号召战乱中逃散的民众回归，鼓励外省迁徙百姓到四川开荒屯垦。

顺治三年至乾隆时期，清朝廷制定下达了许多鼓励迁徙和恢复生产的政策，100 多年间，大量迁徙百姓"奉旨入川"，"应诏填蜀"，但亦非康熙中期发生过强制性迁徙。

据重庆晨报会馆研究学者岳精柱分析，湖广(主要指湖南、湖北两省)紧邻巴蜀，有地利之便，加上元末明初及明代的大量迁徙存留，又有人和之势，故在清初，大量湖广人迁徙巴蜀。

"虽然有'湖广填南，天下安'一说，也正因如此，导致入川繁衍生息，人多地少矛盾突出，且赋税高，一些贫民难以承受。"《吴氏族谱续编》中记载其人川祖吴玉贤之说，"因旦赋年年旦征难完，只得弃楚人蜀"，举家从湖南郎阳县至四川足。

道光《夔州府志》第 34 卷载清初"楚省民"每天由三峡水道人川达数千人之众。根据三峡沿岸区县如县是、云阳、奉节、巫山、丰都等地方志记载，当时大部分的民众都来自湖广"等地。

经过百余年的大迁徙和繁衍生息，至嘉庆十七年（1813年），重庆府人口增至372万，迁徙百姓及其后裔剧占了大多数的，266万人，这段历史上人口大变化，同时也带动了经济复苏和振兴，出现了"万家烟聚——集如蚁"的兴旺景象。

故土
寻祖问宗麻城孝感乡

合川西里刁氏，原籍"江西吉安府太和县，旋迁湖广黄州府麻城县孝感乡柑子坪瑟琶大坑"，康熙二十六年入川。

合川北郎陈氏，原籍"湖北黄州府麻城县孝感乡鹅井大圻……清康熙五年自楚迁合。"……

研究发现，清朝，各省向四川的迁徙中，湖广籍占 1/2，重庆一带则远远高于这一数据，达到了 70% 以上。祖籍湖北麻城孝感乡得到越来越多迁徙百姓后裔的认同。

目前，由麻城研究湖广"迁徙百姓后代的湖北麻城市党史办副编审李敏介绍，随着今年学界对湖广"迁徙文化的研究，已经有越来越多的四川和重庆市湖广"迁徙百姓后代人士自发加入到自发寻根同行的队伍中。其中重庆人占到三分之一。

麻城，紧邻大别山区，因其屏蔽江南，扼中原咽喉的重要军事地位，历来是兵家必争之地。据《麻城县志》记载，明洪武年间，麻城一代拓开始向四川大批迁徙，民间流传著以"某某世祖明洪武年入川"的记载。

不过，麻城并不是有人寻祖人的真正故土。在研究者看来，很多人忽略了一个最简单的道理："一个小小的麻城，怎么可能移民 200 万之众？历史学家的共同见解是，最早起麻城的迁徙百姓是为逃避高赋税的江西人，此后又向无赋税或赋税更低的四川迁徙，故有"江西填湖广，湖广填四川"一说，这说明了迁徙流动的历史。此外，还包括由江西、广东、福建、江苏等地百姓迁往四川。"

据《湖北通志》记载，唐末，瘟疫致麻城一代人烟稀少，临近的江西人大批迁到麻城、孝感一带定居；潜心研究"湖广填四川"移民学者凌利朝研究认为，历史上的"湖广填四川"移民中，有一些是为逃避赋税来自江西的迁徙百姓，于是向邻省赋税相对较轻的湖北黄州、麻城迁徙。

麻城在宋元时期就有孝感乡。

1917年百姓云集重庆会馆。

君从何处来

庆直辖大型实地采访
重走湖广填四川迁徙路

重庆晨报无人机高空俯拍建设中的麻城孝感乡移民公园。

移民公园牌坊。 本版图／重庆晨报特派记者 甄芝勤 胡杰儒 实习生 苏思

有了数字化家谱 去麻城寻根就方便了

麻城投资12亿元打造移民文化主题公园，其中的百家姓祠堂计划输入当地220多个姓氏现有家谱资料到数据库

君从何处来
重走湖广填四川迁徙路
重庆日报、重庆晨报实地采访

特派记者 郎清湘 范永松

在麻城孝感乡麻city附近，为纪念和见证"湖广填四川，麻城占一半"的历史，一座总投资达12亿元的移民文化主题公园正在紧锣密鼓地建设。公园建成后，以全国八大移民出发地之一著称的麻城将变成一座寻根之城。

作为国内首个以"湖广填四川"为主题的文化公园，公园以寻根为魂，以移民为魄，以民俗、民情为载体，分为移民文化区、科举文化区等，公园将利用祠、思乡碑介等特色景点，召集设立祭祖大殿、移民文化新宣馆等，集文化、民俗休闲、娱乐、教育、祭祀、寻根等为一体。

将给移民后裔
从未有过的寻根体验

这座新建的公园被命名为麻城孝感乡公园，2012年7月开建，地址就在县城旁，向南三公里，是移民沿水路出发入川的高岸河古码头；向东四公里，则是孝感乡都旧址。

近年来，从四川、重庆到麻城寻祖的人越来越多，麻城市也与四川资源县、高县以及重庆渝中区进行了长期的"移民文化"方面的交流。为开发移民文化，还成立了"孝感乡现象"研究学会，修复了高岸河移民码头，开发了孝感乡都沈家庄，规划建设了移民博物馆和移民公园，扩建王脑山旅游公路，专门命名了一条"孝感乡路"……

尽管麻城做了这些努力，但最新前来寻根的移民后裔依然感觉寻根困难，许多人希望能完整清晰地了解祖先当年的迁徙之路。

为此，麻城决定投资兴建这座用现代化手段打造出来的移民主题公园，给来寻根的移民后裔一个从未有过的寻根体验。

总投资12个亿
建成后将免费开放

重庆晨报记者日前现场看到，公园规模宏大，三座宏大的仿古建筑已起初具雏形，极具古代湖北民居的建筑风格，水池和绿化广场正在加紧修建。

麻城移民文化公园建设开发有限公司总经理姜国校介绍，整个移民文化主题公园总投资12个亿，除了6000万元启动资金外，其余全部自筹，目前一期工程投资7个亿，将于明年5月完工。

项目总占地2平方公里，将以全仿古的楚文化风格修建，建筑将以全木结构为主，分成移民文化区、科举文化轴、和孝善文化轴、时尚生活区、移民文化区、文娱活动区和生态游赏区。

麻城还规划把移民免费开放，将成为国内最大的综合性展示明清移民文化的4A级景区，开创国内祭祖和研究"湖广填四川"移民运动的先河。

麻城孝感乡公园
投资：12亿元
占地：2平方公里
等级：4A级景区
风格：全仿古楚文化风格
区域：移民文化区、科举文化轴、和孝善文化轴、时尚生活区、移民文化区、文娱活动区、生态游赏区。

公园效果图吸引了众多寻亲者和路人。

百家姓祠堂
可免费用数据库寻根

麻城计划将当地220多个姓氏现有家谱资料通过数字化的方式，输入百家姓祠堂的数据库，从而形成一个巨大的寻根资料库。任何一个来寻根的人，不但可以免费使用数据库，还可以把自己的家谱资料放入数据库进行启动比对，方便其他人查询和研究。

寻亲数据库不但可以用取寻亲者，还可以记录、收集和整理各个家族的历史及发展现状，在未来形成一个巨大的家谱博物馆，供学术研究之用。

祭祖大殿
可供上百人祭拜认祖

公园将修建一座面积达2000平方米的祭祖大殿，可同时供上百人现场祭拜，认祖归宗。在这里，不但有撒盘可以跪拜，有专门的祭祖主持，还有香炉可以焚香。

科举文化区
百余名进士彰显文脉

麻城孝感乡在移民中转的过程中，大量江西移民涌入并定居，带来了勤于读书的江西耕读文化，使得明清时代的麻城出现了史无前例的100多位科举进士，大大提高了麻城的文化历史水平。为此，公园一期之内，城的科举文化和孝善文化作为一个重点，设立专门区域进行展示。

移民文化研究馆
科技手段再现迁徙路

公园内的移民文化研究馆，将用科技手段形象再现当年移民数千里入川的线路、情景，而当年移民迁徙之苦，让后人了解和认识迁徙悲壮、艰辛的大迁移中，让"麻城孝感乡"不再是一个地理名称，而是连接川鄂渝血脉的精神家园。在这里，不仅可以看到重现迁徙之路的现代化环保数字电影，还将有展现湖广填四川历史的东路花鼓戏剧场和演出，让寻根者实地体验移民文化。

明清古街
品尝祖先的酸甜苦辣

除了文化体验，穿越时空的明清饮食文化将会把寻根者再次带回古代。根据规划，公园内将修建一条明清古街，并在街市上复制明清特色小吃和餐饮。"不但让人看到移民文化，让旅游实实常在在，"使麻城当年移民路上的酸甜苦辣。

血脉相连>
300年家乡情割不断
大批渝商投资麻城

从2006年，时任重庆市政府副秘书长的何智亚率团赴麻城考察，到2010年的渝中区与麻城缔结为友好区县，麻城与渝多次的走动，让重庆的移民后裔寻根寻祖更加便利，越来越多的重庆人开始了解和走进麻城，一些麻城人在重庆的后裔正通过奔走投诉的成就来接投资回故地，推动麻城当地的经济发展。

在2010年"重庆——麻城第三届'湖广填四川'移民文化节"上，麻城市政府与重庆三家企业签订项目协议，总金额达19.5亿元。民生能源集团是来次签约的企业之一，集团董事长薛力全因寻根而在麻城修建了"孝感乡都"牌坊，品牌签的项目园林和种源园未能实施，但他计划在当地继续投资修建一个大型物流项目，和薛力全一样，渝南县的麻城市政协委员、重庆汇兆集团董事长代小平也是移民后裔，他曾为麻城夫子村镇中心小学捐款10万元，用于资助当地贫困学生。

"人的一生总要有追求，不能连祖宗都不知道是怎么回事，我们作为移民，如何的生意做得成可以，就有责任为麻城做点事，推动几百年前的家乡的建设和发展。"昨日，代小平感慨地说，"他们把我们看成家人，我们把他们看成家人，麻城将是我们投资热土。"

去年底，代小平投资3.5亿元的湖北汇公柠檬加工有限公司现在已进入平稳阶段，工厂投产后，将年产6亿瓶柠檬饮料，可带动周边群众的就业。此外，他还将投资10亿元把麻城著名的龟峰山打造成4A级旅游景区，让旅游实实常在，"使麻城这个古老的移民家乡受益"。

代小平还计划在今年推出大型策划活动，通过宣传片和公益性演出，到各地对麻城的移民文化进行宣传，"让更多的人看到麻城，投资麻城。"

昨日，麻城市委书记杨遥介绍，麻城将定期不定期地在麻城与川渝移民地区举办移民文化联谊和寻根活动，介绍两地的民风民俗、特色民俗工艺等，"以'麻城孝感乡'为代表的湖广移民文化，蕴藏着悠久的历史，勤于敬业、开放包容、自强不息等丰富的精神内涵，移民文化经过数百年的传承，依然熠熠夺目，光彩熠熠。我们已在建设中的移民公园就是一个联系移民后裔和传承移民文化的载体，建设移民、移民来麻城市四川渝后裔。同时，我们邀请川渝移民后裔来麻城寻根问祖，开展经贸、文化交流、回家投资。"

移民公园正加紧建设。

君从何处来

重庆直辖17周年特别报道
重走湖广填四川迁徙路

君从何处来——重走湖广填四川移民之路采访纪实

麻城杏花村。 本版图／重庆晨报特派记者 鞠芝勤 胡杰儒 实习生 苏思

札记 根在麻城 记得常回家看看

重庆晨报特派记者 郎清湘 范永松

麻城，从明末清初的"湖广填四川"开始，已在重庆人的耳畔魂牵梦绕了300多年。

"湖广填四川，麻城占一半"。对以湖广移民为主体的重庆人而言，麻城就是精神故乡，是寻祖归宗之地。每年，川渝两地有3000位寻根者自发到麻城寻根，越来越多的人前去认祖归宗，续血接缘。

依托移民寻根的主题，麻城正在为寻根者打造一个全新的、历史的、便捷的寻根文化。为全面展示麻城的今昔，在本报和重庆日报联合启动的"君从何处来"大型寻根报道中，重庆晨报航拍工作室专程从300米高空对麻城进行了全方位航拍，这是麻城历史上首次航拍。

高空镜头下，麻城的古老与现代的融合尽入眼中：生命之源浮桥水库、填川移民始发地高岸河、千年九龙山柏子塔、杜牧写诗所言杏花村、森林氧吧龟峰山、古迹荟萃五脑山……

今天的麻城是武汉城市圈规划的地区性中心城市、华东的重要综合交通枢纽，106国道贯穿全城，大广高速、沪蓉高速、麻竹高速三条高速过境，京九铁路、沪汉蓉铁路、汉麻铁路等三条铁路在此联接

麻城在记忆中虽然遥远，但距离并不遥远，距离重庆1000公里。自驾车从重庆出发，沿沪渝高速，12个小时可以全高速到达麻城；而7月1日起，重庆将开通到武汉的高铁，届时重庆到麻城的时间将缩短到10个小时。

故土与他乡，血缘关系难隔断，寻根、认祖、回归，血缘已成为四川、重庆、湖北麻城三地紧紧相连的纽带。

根在麻城，请记得常回家看看。

麻城火车站

麻城龟峰山

夕阳下的麻城浮桥河水库。

记者感言

千里之外，乡愁如烟

郎清湘

千里之外，根之所在。

出重庆，入武汉，经红安，伴随着早晨第一缕阳光北发，经过10个小时的疾驰，星夜，灯火中的麻城已历历在目。

"岭外音书断，经冬复历春，近乡情更怯，不敢问来人。"月夜之下，唐朝宋之问的这首诗萦绕在脑海，久久难以散去。

近乡情怯？之问。

初踏这片令人魂牵梦绕的故土，"我很激动"，（我）不由自主地蹦地直呼，麻城，我回来了。"……接受访问的重庆寻根人士，他们对这片千里之外土地的情深深地烙在了内心深处，他们承载的是整个巴人的嘱托和叮咛——我们的家，在湖北麻城孝感乡。

孝感乡，孝感，一个是古乡镇的名称，一个是今天的地级市。鼓楼街道办事处沈家庄村即为孝感乡所在地。无论拖有多大的希望，经历过几百年的调整，现今除了几座建于清朝的老宅，历史痕迹已难寻。

依据史载，鼓楼街道办事处沈家庄村即为孝感乡所在地。无论拖有多大的希望，经历过几百年的调整，现今除了几座建于清朝的老宅，历史痕迹已难寻。

唯一能表达出历史厚重感的是黄古道上的麻糖和路旁的老牛石，虽经历了300多年的风吹雨打，依旧忠实地履行着职责。摆出的出现，让人犹如置身于浩瀚的历史坐标中，寻找自己的方位。家族的办公地——宗祠，一所所的被毁，令人扼腕叹息。

先人的足迹，踏过江汉平原，翻过大巴山脉，转过长江三峡，为后代谋福的移民之路几多艰险，几多坎坷。

江水长，绿草春。浮云散，未散忘。

踏着林间小路，寻到麻城浮水河入口，除了独自驾身的打渔人徒自说着现代移民故事，不远处的凤凰古城，昔日移民们的粮仓已被火灾焚烧一空。在金陵市，昔日的德安府已成为历史的记忆，关于移民的遗迹，也只有地方志上的寥寥几笔。

进入重庆境内，移民们的后裔散布于城镇和高山深处，若不是家谱的记载，情多人已不停留在口头上："我是湖北麻城孝感乡的后人"。

寻根是寻未来探索家族文化的过程，每个家族都有自己的文化精神规范，寻根就是要找到在潜意识中隐藏的共同气息。

"树高千丈，叶落归根"。寻根于个体而言是寻来一种归属感，也是一种乡愁。300多年消然逝去，他乡已是故乡。

乡愁依旧如烟，乡愁依旧似梦。

从哪里出发，哪里就是故乡

范永松

6月13日，来自重庆江津的本一羽道士，不远千里，一路忙着方便面赶到了湖北麻城。他此行的唯一目的就是帮助去世的母亲了却生前遗愿，寻根。

从6月4日开始，重庆晨报、重庆日报联合推出大型实地采访活动——"君从何处来"重走湖广填四川迁徙路。半个月里，我们连续行走3000多公里，跨越湖北和重庆两地的10多个区市县，寻找当年"湖广填四川"时大部分移民曾经走过的道路。

随着报道的不断深入，网络的快速传播，越来越多的重庆人看到了祖辈口口相传的麻城到底是一个什么模样。看到本报的报道，越来越多的重庆人被勾起了遥远和陌生的乡愁，自发前往麻城寻根，其中就包括本一羽。

从哪里出发，哪里就是故乡。遥想300多年前，明末清初，时代更迭引发的混乱长达数十年，巴蜀大地反反复复的战乱中几乎遭遇灭顶之灾，而当时袭鸿遍野，是"湖广填四川"移民运动以其巨大地恢复生机，延续生命。

但数百年前，没有现代交通工具的老辈先祖们，如何走进"蜀道之难难于上青天"的四川？而数百年过去，时代更迭，后人该如何寻找我们先辈留下的迁徙踪迹？

于是，我们分成水路和陆路分别重走移民祖先的迁徙之路，但寻访之旅充满唏嘘。

在湖北黄冈凤凰的长江口岸，苹莱墓墓杂树丛生，古代的渡口已经成了一片绿洲；在陆路的先贤古道和川鄂盐道，苍凉斑驳的古道上，依稀可以看到古人行走过的车辙；在鄂东第一祠吴氏祠堂，在五脑山帝主庙，我们见证了移民们与迁徙一路相随的信仰和梦想。

而更多的，我们用脚步踏访那些位于大山深处荒山野岭的家族祖坟，一边在苍茫深的草丛中跟蛇，一边爬着石碑上模糊的祖先字迹，一遍遍刻入心中的句，一遍又一遍地翻阅那些油印的古老家谱，查找当地家族迁徙的轨迹。

除了寻找祖先进川之路，我们也关心现代重庆人寻根之旅的酸甜苦辣，几乎每一个家族都有一个鲜为人知的寻根故事。

在奉节县，2万多人的邓氏家族居然幸运地找到了迁徙入川的祖先；而当地的李氏家族耗费巨资，用了10多年时间寻根不辍，却多次无功而返，让人吃惊，也让人钦佩。

古人说，水有源，树有根，寻根就是为了自己未来的方向，寻我自己心灵的故乡。现代人也只有知道自己是谁，来自哪里，才会知道自己将会去向何处。

230

君从何处来
重走湖广填四川迁徙路

重庆日报、重庆晨报实地采访

重庆直辖17周年特别报道

君从何处来
重走湖广填四川迁徙路

君自湖广 梦圆重庆
重庆市新闻工作者协会主席 周勇

6月以来,重庆日报、重庆晨报组织了"君从何处来——重走'湖广填四川移民路'大型采访活动",在重庆和湖北屡掀热潮,影响全国。这是今年以来,两报最接地气、最受平民百姓认可的新闻策划和采访报道之一,是重庆新闻工作者文化自觉与自信的新作,是献给3200万父老乡亲和重庆直辖17周年的大礼。

"湖广填四川"起于元末与明初的洪武大移民;到了清代前期,"湖广填四川"达到高潮,迄今已经600多年。这是一次由政府主导,后成政府倡导与民间自发相结合的移民运动。到19世纪20年代,魏源作《湖广水利论》引用"湖广填四川"民谣,使这一运动进入全国民众的视野。

这一时期迁往四川、重庆的移民来自湖北、湖南、陕西、广东、福建、江西、广西、甘肃、江苏、浙江、贵州和云南等十余个省,尤以湖北、湖南为多,故有"江西填湖广,湖广填四川"之称。从明洪武年开始,政府就以湖北省麻城县孝感乡为移民入川的主要集散地,因此四川、重庆居民大都以"湖北麻城孝感乡"为祖籍。对于今天的川人、渝人而言,"湖北麻城孝感乡"就不仅仅是一个地理概念,而成为重庆和四川移民祖籍的代名词。

在"湖广填四川"移民运动中,重庆有着极为特殊的地缘位置——重庆是"湖广"移民进入四川后定居、繁衍、创业的重要地域,也是再向全川扩散或"二次移民"的"中转站"。

——"湖广填四川"移民运动促成了川渝人口的迅速增长、土地的大规模开垦、农业和手工业的大发展,大小城镇的繁荣、民族与文化的交流融合。它合理地分厂了民族、人口生存的空间,使长期陷于战乱与苦难中的"天府之国"在经济、文化、社会各方面走向复兴,为"康乾盛世"的到来准备了条件,对后来川渝历史的发展产生了深远的影响。

——"湖广填四川"移民运动改变了汉、唐以来由北向南移民的格局,开创了由东向西(色括由南向北)大移民的先例,实现了由政府强制移民到支持鼓励性政策移民的转变,由被动的政治性移民向自发性经济移民的转变。

——"湖广填四川"移民运动导致了川渝人口结构、人口空间分布的巨大变化,使四川生态和自然环境发生了根本变化,对社会结构和社会面貌产生了强烈的震撼,对上自秦汉,下至唐宋以来所形成的四川传统社会来了一次重塑。

——"湖广填四川"移民运动促成了自成一隅的四川对全国的一次大开放。外来人口的大规模迁入,促进了四川人口繁衍和人种的优化,为近代川渝名人辈出奠定了基础。

——"湖广填四川"移民运动促进了楚文化与巴蜀文化的大交融,是中华民族文化交流融合的典范。

对于重庆而言,随着清代巴渝地区的开发,农业快速恢复,手工业开始兴盛,交通运输业不断兴起,区域吸引和辐射能力不断扩大,为重庆经济的进一步发展奠定了基础。到清末,由于西方势力的刺激和民族资本主义经济的产生发展,重庆经济开始进入快速发展的时期。特别是20世纪后,在翻天覆地的社会大变革中,重庆从一座封闭的城堡发展成为开放的连接我国中西部的战略枢纽,从古代区域性军政中心发展成为区域经济中心,从偏居四川东部一隅的中等城市发展成为立足中国内陆面向五洲四海的特大城市。

回眸历史,笑问"君从何处来?梦里湖广,麻城孝感。展望锦绣前程,耕耘八万里巴渝,众手梦圆当今重庆。